遇見蝴蝶，在生命波瀾處

邱秋香——著

推薦序1：蝴蝶是淨土的印記

手機鈴聲在耳邊響起，是好久見不見的秋香來電，她說：「我的第二本創作要出版了，但臨時有個狀況，可否請你幫忙寫序？」生平第一次有人來要「書序」，內心想我沒寫過耶！加上最近又有多項大活動正如火如荼的進行，所有精神與注意力幾乎都投注其中，實在分身乏術。

秋香的第一本著作之前閱讀過了，自然平實，感情豐富但又內斂。去年年底聯合報主題徵文「深夜解憂電臺：低潮中最溫柔的陪伴」，以〈陪伴〉一文榮獲佳作。中文博士的內子還讚賞該作品「字字句句皆眞情流露，是位慈愛又勇敢的母親！」。這次第二本佳作出版，當然爲她開心，然寫序不能胡亂下筆，譬如好菜餚裡不能下錯調味，徒亂讀者興致。

一邊聊著她的近況，一邊問問她這幾年的生活光景，還有這本書名《遇見蝴蝶，在人生波瀾處》的來由，說著說著突然聽到秋香說「我做的事情都是爲了聖觀音」。就是這句話打動了我！我說：「好，我幫妳寫這篇序」。

十年前摯兒的意外離世，被佛菩薩接往淨土。又因悲痛疏於照顧自己的身心，自體免疫系統的紅斑性狼瘡悄然臨身，因腎臟衰竭而被迫洗腎，工作、經濟等不如意，在一連串的生命的困頓、挫折中，沒有讓她倒地不起，她沒有怨天尤人，也沒有哭天搶地，是在自己堅韌的生命力與宗教引導強大內在精神力之下，不僅活出歡喜快樂的人生，更開啟「以文言心，以筆表情」的天賦潛能。

莊子的〈莊周夢蝶〉，西方大哲笛卡兒的「魔鬼論證」，近代哲學家希拉蕊．普特南的「缸中之腦」，電影《駭客任務》、《全面啟動》等等。都處處隱喻或明示現實世界的虛幻與不眞實，請世人不要當眞。《金剛經》：「一切有爲法，如夢幻泡影，如露亦如電，應作如是觀」正是代表。

哈佛大學腦神經科學家吉兒．泰勒《奇蹟》，在左腦中風時，察覺左腦的語言、顏色、線條等的對外架構判斷砰然瓦解，左腦的說「我」的能力，讓自己與萬物分開爲獨立個體。而右腦樂於接受永恆之流，自身與宇宙在永恆之流合而爲一，充滿慈悲、祥和、寧靜。八年後復原寫下科學家對腦部最眞實的觀察解說與洞見，卻極似禪宗公案。

《維摩詰經》：「隨其心淨則國土淨」，荊棘坑洞沙礫遍佈的大地，竟然是莊嚴美麗豐富圓滿的淨土。人生波瀾處的蝴蝶，原來卽是淨土印記！

知名心靈輔導師 蘇昭銘

推薦序2

踏入臨床好多年了，憑藉在林口長庚的訓練，我總認爲沒什麼應付不了的。然而，面對邱香大姊，你永遠不會知道下一步會發生什麼。絕大多數人都安全的用藥，在她身上竟會產生巨大的副作用。誰能夠想像，大抽筋當下，她居然還能創作。「志在千里行願度，平順安康衆生心」。是她虛弱攤坐在椅子上，寫出來的。

每回讀秋香大姊的文章，她的「轉折」總是讓人「羨慕」。爲什麼能寫出這樣的文章，我好幾次這麼問她。她總是說，就這樣啊，很自然就寫出來了。仔細想想，這種自然，蘊含著「因缘和合」和「中觀」的思想。她雖然有顆脆弱的心臟，但是心量卻是無比的大。堅持創作的背後，藏有利益世人的願。

她不是一位職業作家，卻用盡力氣在寫作。她的文章沒有華麗的字眼；然而，每個句子透露出「不凡」的生命歷程。脆弱的身軀與淬煉的人生，利用文字，與讀者對話。何其有幸，能幫她的第二本書寫序。

安慎醫院資深醫師 黃志平

推薦序3：相識一位特別的散文家

初次與秋香見面，是在診間，她講話很溫柔，聲音很輕。
我們很快就與她談到生病的過程，
與接下來她會面對的檢查與治療。
很出人意外的是：她很平靜。
這在我意料之外。

漸漸地，透過她的文字讓我重新認識眼前的女士。
她很堅忍，很平靜地面對自己的生活。
字裡行間的敘述很平實地寫出她的世界的觀察。
我可以想像在一個人的夜裡，

她忍受著身體的不舒服，
把這些人生的經驗與想法，
化作文字，變成對生命的寄託。

每個人都有自己的人生哲學。
面對困苦病痛時，
最能把一個人的自己給逼出來。

秋香，謝謝妳給我們這些情感眞摯的散文。
讓我們從妳的觀點一起分享這個美好的世界。

新竹台大心臟科專科醫師
謝慕揚

推薦序4

在新冠疫情升溫期間，我的補習班停課了好一陣子，不僅精神承受極大的壓力，身體也出現狀況，讓平常自詡健康寶寶的我心情盪到了谷底！就在此時，拿到了秋香姐的第一本新書，在一篇篇文章的浸潤之下，使惶惶不安的心得到了安慰，更學習到她面對無常的豁達和冷靜，就好似暖流涓涓注入，直至整個身心靈都活了起來。

何其有幸，我倆同爲新竹客家人，每每在電話中用客語聊天，就好像坐著時光機回到童年時代，我跟著哥哥、姐姐和鄰居一起跳房子，玩衝關遊戲，帶著火把、燈籠一同到工地探險，非常美好。然而秋香姐的童年回憶，竟然是去山上採百香果，當她不停地搖著樹時，掉下來的不是百香果而是好幾條的「蛇」！哈哈，秋香姐童年往事的點點滴滴，總令我這個出生在台北的小孩瞠目結舌讚嘆不已。

歷經難以承受的喪子之痛，再加上疾病纏身，我想，姐一定曾經無數次的盼著：希望這一切都只是夢，睡一覺起來就會恢復昔日的美好啊！《聖經》上說：「患難生忍耐，忍耐生老練，老練生盼望。」慶幸秋香姐和我都有信仰的支持，這許多年，她選擇用樸實眞摯的文字來療傷，走出傷痛，堅強站立，更透過它們來安慰苦難中的靈魂。如同在〈通過悲傷的幽谷〉篇章中提到：「突然覺得這就是一種生命的安排，我要去愛更多的人，這個愛的延伸，讓我非常受用。」

很榮幸也很感恩爲秋香姐的第二本散文集寫序，期盼你我都能從這些愛的文字中重新得力，身心安頓。

新天地補習班班主任

曾璧欣

作者序

從第一本的分享性質到有勇氣再寫第二本，其實經過了很多讀者們給予的信心，也感恩所有讀者的回饋。在寫作的過程中，發現文字的美妙之處，是可以把心中的想法和正思維，藉由文字，傳遞給正在人生路上茫然不知所措的人，哪怕只有一絲希望，只要能夠幫助一個人走向積極，面對人生，都是有意義的，這是身爲一個文字工作者的使命吧！

靠著一台機器代替我的腎臟，至今約七、八年，一路忙著適應，好不容易調整心態到最平穩，不料三年前，心臟又來開玩笑，隨時處在即將停機罷工來抗議，有一天，窗外的九降風提醒了我，如果，這輩子沒有做一點讓自己覺得眞的開心的事，或者讓人家忘不了我的事，更或者是有意義的事，那我豈不是浪費生命嗎？於是，索性拿起筆做一件從小就愛的事——寫作，沒想到第一次投稿，就獲得青睞，會看到這篇文章的人，竟然是全國的腎臟科醫師，讓我格外興奮，因爲生病那麼多年，認識的幾乎都是腎臟科醫師，能夠讓這些專業人士看到我的作品，眞的是倍感榮幸，所以才有那麼一點自信出版第一本書，現在再接再厲，將我對小兒子深深的思念轉化成文字，讓自己挑戰第二本書，讓他問世，也期待這一本書，除了我自己突破以往的寫作模式，再來就是希望我的讀者看到我的作品，能夠有正思維，可以幫助自己得到些許啟發，而更加珍惜人生。更感謝看過我書的讀者們給予的肯定及祝福，要感謝的實在太多，我的腎臟科醫師好友黃志平，一路引領我，給我人生方向，睿智的學者蘇教授師在百忙之中幫我寫推薦，更有長期照顧我心臟的專科醫生，台大新竹分院謝慕揚醫師，和好朋友璧欣老師的美言一篇。

聽聞我第二本新書出版，好姐妹季涵再次拿出她參賽作品，一幅取名爲《盼／Hope fully》的畫作，當我新書的封面。不同於第一本封面上老幹新芽所象徵的重生意象，這幅作品色彩豐富，是結合蒲公英和繡球花的形態來創作，蒲公英隨風飄動的那份自在，代表自信、開朗、樂觀和停不了的愛，而繡球花的花語是希望、忠貞、永恆、美滿及團聚，所以，藉由這兩種花來表現我自己現在一種隨遇而安又充滿希望的人生態度，眞的再適合不過，而幾隻飛舞的蝴蝶，更是傳遞一種滿懷希望的幸福感！期待這本著作的全新樣貌，能得到更多好友的喜歡與認同，也盼望自己的人生，能夠在未來創作更多美好篇章，回報大家對我的厚愛！

目錄 CONTENTS

目錄
CONTENTS

目錄
CONTENTS

1. 遇見蝴蝶，在生命波瀾處

一直是健康寶寶的我，別說生病，連感冒都很少，十年前卻因爲摯愛的孩子離開，忙著處理極度的悲傷情緒，忽略了身體的求救訊號，在一個極熱的天氣，我第一次中暑，加上不明原因嘔吐，從那時開始，一種看不到未來的感覺，湧上心頭，讓好不容易從失去了摯愛的谷底，爬出來準備重新出發的我，再度陷入另一個深淵，經過了整整一年，走遍各大醫院，得到結論，小姐：妳需要馬上洗腎，否則會有生命危險；晴天霹靂，這是什麼狀況，醫生也狐疑，帶著病摘，直奔新竹台大，試圖找出不一樣的答案，結果失望了，只得接受了醫師建議，馬上住院並且與那台代替我腎臟的機器爲伍一生；在醫生的細心診治，很快就確定是專門攻擊器官的紅斑性狼瘡，也就是中醫所稱紅蝴蝶瘡，在之前的就診記錄，中醫也看了無數，爲什麼就沒有發現我不舒服的原因呢？所以我的腎臟科醫師說，好可惜，早發現就不致於讓它攻擊到腎臟，所以我是最冤的洗腎患者。事已至此，那隻潛藏的蝴蝶，在毫無預警下，把我的人生整個重新洗牌，原以爲寶貝的離開，已經是我人生的谷底，誰知老天並沒有放棄對我的考驗，這時的我，該怎麼走，舉目望去，我就像掉到大海的中央，載浮載沉，四周找不到任何可以拉我上岸的雙手，我連爲什麼要活著都不知道了！出院後，仍然每週三次要到醫院，一次四小時，像行屍走肉，毫無知覺的過一天算一天，有天，大兒子帶著兩個小孫子來看我，看到他們天眞可愛的模樣童言童語的說，奶奶你趕快好起來，我們要聽妳講故事，看著自己從小帶大的寶貝孫，我突然發現我怎麼可以不顧所有愛我者的擔心，於是我再次鼓勵自己。

在諸佛菩薩的加持，及各科醫師及諸多貴人的相助之下，身體內那隻作怪的蝴蝶飛走了，我的生命如奇蹟般的得以生存下來。正當我在享受這難得一見的奇蹟時，有股聲音告訴我：「生命的轉機，代表著另一個契機的降臨。」我想此生應尚有未完成的使命，何況我的命運，一直像在枯樹上唯一的一片葉，而那片葉還可以勇敢迎風，此時，又有一種奮戰到底的戰力，決定置之死地而後生，配合醫生的專業，克服身體的諸多限制，讓自己保持最佳狀態，憑藉著這個信念，篤信生命給予的價值，再次接受上天給我的考驗，藉由內在強大的精神力量，我走過了艱辛的路程。

一個因緣，讓我有機會重拾年少時期的愛好，並且得到很多人的認同及鼓勵，那就是寫作，重新找回創作的手感，把自己在遇見蝴蝶之後，還能勇敢堅強的心路歷程，化成文字躍於紙上，鼓勵著自己也鼓勵著他人，除了出了第一本散文集，大獲讀者的支持還參加了許多單位的徵文比賽，皆受青睞，有最值得一提的是聯合新聞網的一個題目，低潮中，最溫柔的陪伴，眾多稿件中脫穎而出，除了文章的刊登，還被選入音頻，就是廣播人員用感性的聲音，唸出我寫的故事，原本只是寫散文，更在與藝術家合作下，開始了新詩創作，創作之路越走越寬，此時，打從心底感恩，我又重拾自信，活出自己想要的樣子，在這個第二本書的開頭，恩師慶華執行長，爲我取了這個書名：遇見蝴蝶，在人生波瀾處。我做到了，爲自己在紅蝴蝶攻擊之後，展開了有生以來，最漂亮的回擊，燦爛的迎接下半段精彩的人生。

2. 午夜夢迴時

那一年，一整年的時間都在擁有大山大海的花蓮，渡過我終身都不可能再來一次的美好時光，爲什麼不，初生病時，也許不想白白過一生，從不曾爲自己做些什麼，趁體力還行，獨自回到那千山萬水，一個人開著車，載著行李，第一次走過雪山隧道，第一次開上蘇花公路，沿路的懸崖，底下的大海，另一邊是峭壁，砂石車呼嘯而過，這些都是上路前害怕的想像，一旦上路，也顧不得，沒想到，跟我想的完全不同，進了雪隧，也就是一般隧道，比較長而已，加足馬力開上蘇花，大車不少，也絲毫不懼，轉幾個大彎，山與海的結合，美的讓人眼花撩亂，好興奮，從不曾自行開車走遠路，我爭服了一直以爲自己不行的恐懼，原來想要做的事，沒有做不到的，尤其是跨越台灣由西到東的距離，邊開邊想著我又重新回到最愛的家鄉。

熟悉的太平洋是我第一個想去的地方，起個大早，走在海邊，剛好趕上日出，太陽初露一絲絲的金黃色，映在海平面，海面呈現金光，越來越亮，約莫幾分鐘，整片海水變成了金黃，內心也跟著澎湃起來，捨不得這樣回去，車頭不知不覺往東海岸開去，路是熟悉的，只是每一次的經過都爲了工作，沒能好好欣賞，放慢了車速，東部的海就是這樣的藍，那種藍是清澈潔淨的藍，隔一段路就會經過一個部落，說眞的，這裡的給人的感覺就很幸福，教堂用帆船造型，座落在平原與藍海之間，顯得更有特色，往前走是一條最不能忘懷的長虹橋，上游從山線的瑞穗，也就是著名的泛舟地秀姑巒溪的起點，沿河的美麗山水配上小船奔流而下的刺激，每年夏天吸引大批人潮至此，地名視爲豐濱，車開過此處，就是花蓮與台東的交界，一個念頭右轉，走進玉長公路，大轉彎處停下，海在腳底不遠處，卻是無比的壯觀，佇足許久，在花蓮生活了二十年，從沒有像現在，枉費了無敵海景，心裏抹過一絲痛楚，曾經的幸福，也不復存在，這一大片海水的波浪，像是內心的動蕩，爲什麼只剩我一個人呢？望眼來時路，繼續往我欲拜訪的山線風光，很多人認爲東部的山線沒有海線漂亮，在我看來，任何一個角落，都比西部的擁擠好上百倍，安通溫泉出口處就是山線了，完全不同的感觀享受，刻意不走台九，改走另一外環道，沿路稻田，輕風吹拂，這在東部，稀鬆平常，不用特別的到觀光景點，不必擔心塞車之苦，隨處皆可欣賞，累了，回到住處，休息片刻，出外覓食，在這裏，連素食自助餐都像五星主廚特製菜色，價格實在又好吃，每到吃飯期間，都好開心的找尋自己想吃的食物，不像在西部，連吃飯都沒勁，過了睡夢都會笑的一天，第二天又是另一個桃花源。

像這樣上山下海的日子，除了下雨天，每天都過得很開心，當然我也會有想家的時候，可是我也不知道哪裡是我家，孩子走了以後，我看著眼前這些山山水水，每個地方都有我跟他從小到大的影子，我們走過的足跡。看到這些景象其實我真的很想他，每當午夜夢迴時，思念著他，也思念著那片藍。

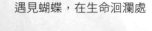

3.
城煌廟

在新竹市有一個地標，名曰城煌廟，小時候，父親常用腳踏車，載著我和弟弟騎了好久的車，特別來到了這裡，其實是父親對我們的愛，這裡有很多好吃的食物，新竹特有的炒米粉，米粉之所以好吃，新竹風是最大功臣，尤其是九月到十月的九降風，做好的米粉晾在竹桿上，藉由風的力量，自然風乾，吹乾後的米粉，無論是用炒或煮湯都不錯，煮的時候不易斷裂，吃起來就是Q彈，新竹米粉因此而來。周圍當然不是只有米粉，肉圓也是一定要推薦的呀！吃遍了眾多肉圓，唯有新竹皮薄餡多，市場周邊，應有盡有，燕丸等等。只要是父親帶我們，就每個人可以選一個，一成不變的是我永遠挑肉圓，弟弟挑摃丸湯，這也是我父親時時表現對我們兩個小寵愛。

新竹都城煌，是整個新竹人的信仰中心，裡面供奉著正是城煌爺，我們懂事以來，每年過春節，晚上祭天之後，凌晨去祭拜城煌，主神是城煌，掌管每個人在世間所爲，作爲下一世投胎的依據，來到了這裡，看著莊嚴的佛像，自會警惕，還有很多我說不出來的神像，總之莊嚴肅穆，這廟的四周有一個特色，就是到處都有乞丐，當時我年紀很小，看到乞丐，總是希望能夠幫助他，有一次我看到一個年紀很大的乞丐，我口袋有一元，很想給那個乞丐，於是我放慢了速度，結果爸爸不知道我要給他錢，快速一直把我往前拉，後來我沒有把錢給那個老人，我當下心裡非常難過，一直回頭看，我沒有辦法告訴爸爸我想要給他錢，這些事情在長大以後，我常常耿耿於懷，後來想做就馬上做，想幫助的人就快速行動，

長大以後我比較少到那附近去，因爲那邊易塞車，所有的人都集中在附近，不過那裡有一間很有名的百年老店叫做新復珍，那是家糕餅店裡面有賣一種非常有名非常有特色的叫做竹塹餅，新竹以前的舊名就叫竹塹，我每次從花蓮回新竹的時候總會有同事託我買竹塹餅貢丸、肉丸推薦新竹好吃的東西還眞多，我回到新竹後，反而很少吃這些東西，一直懷念的卻是我那第二故鄉，覺得所有的好吃

的都不一樣了，失去了才知道要愛惜，像親情，是最不容易掌握的，如果來得及那是最幸運的，我父親在我小時候就離世了，就是想也來不及，再多的悔恨也無奈，我們身爲人類，就是盡早知道，應該做什麼事，就好比生命如果可以重來，我多希望可以開著車載著父親，來到城煌廟，請他吃小時候他請我吃的肉圓、摃丸湯。

4. 野營

孩子們去露營，裝備就搬得滿頭汗，不過看孩子們好像樂此不疲，這兩年因爲全球的疫情擴大，大家出不了國門，機靈的商人們把頭腦動到露營活動，所以露營的車子一車車開往各個山區、海邊，進入商人所設置好的營區前進，展開了所謂放鬆之旅。

國中時學校辦了一個全校大露營，我們是剛入學的新生，地點在一個很高的山區，欲往山區的路上，經過密密的樹林，到達目的地，一個位於高處的平台，放眼望去，視野遼闊，興奮的下了車，那個年代還有救國團，那些哥哥姐姐幫我們把行李、帳蓬都搬下車，我們必須在天黑之前搭好帳蓬，因爲是第一次，大家都手忙腳亂！好不容易在我們學校的體育老師帶領下，完成了人生首次的搭帳，老師開始分發晚餐的食材，利用我們自家帶的鍋碗瓢盆，加上主辦單位準備的生火木炭，開始烹煮晚餐，記得第一個晚餐有　鍋酸菜鴨，以客家人手工製作的酸菜特香，另外炒兩樣菜，飯後甜點是綠豆湯，時間緊迫，再依據抽簽的隊名，帶著請帖請帶隊老師們用餐，並且讓他們評分搭帳、烹煮、環境整潔等等，我都記得我們那隊名叫金蟬隊，晚餐結束，收拾完畢，出發往營火晚會的地點，出發前要先想好隊呼，原來我們還有一個驚喜，叫做「長途迷蹤」，沒有燈光必需通過一座樹林，老師要我們按照隊名排成一排，後面同學把手搭在前面同學的肩上，緩步前行，很巧的是我們這一班墊後，我又是最後一組，背後沒人，只傳來一些沒聽過的蟲鳴鳥叫，說時遲那時快，我和前面同學掉到主辦單位事先挖好的陷阱裡，那時眞的很緊張，前面的人都不敢停下腳步，怕脫隊，我們後面也沒有人可以求助，我和同學爬了半天，灰頭土臉的拼命趕，眼前一片黑，急得快哭了，可是跟這位平常不多話的同學竟有了革命情感，終於到了會場，領隊等在前面，瞪大了眼睛朝我們破口大罵，沒有團隊精神，本來驚魂未定又被指責，一陣驚呼吸引了我的目光，原來救國團的哥姐們，早就預先佈置，重頭戲來了，只見一個童軍手持火把，向用樹木搭建的高塔跑來，大家的歡呼中點燃了高塔，頓時火光參天，熊熊烈火燃燒著，由救國團大哥大姐們帶起了晚會一波波的活動，大家圍著營火唱唱跳跳，中間還穿插一個講鬼故事比賽，大家尖叫連連，這時，大家突然安靜了，出現在火光前面的一個鬼故事的人物，尖叫的聲音簡直嗨翻天，兩個小時的晚會，即將結束。

由大哥哥開頭，唱當時最流行的〈萍聚〉，別管以後將如何結束，至少我們曾經相聚過……一遍遍唱著，好像都不願意分開；大家意猶未盡回到帳蓬區，準備就寢，我們班的帳蓬搭在最靠樹林的地方，又是女生，大家都很害怕，還要輪著值班，記得我是第一批，我跟一個女同學，看她似乎很害怕，我乾脆叫她去睡，我一個人值班，可能我小時候住山上的關係，還不致於多怕，放眼看去，四下無人為了壓住驚恐，我拿起勺子，把晚餐的鴨肉湯跟綠豆湯，混著喝了不少，結果第二批值班的同學睡太熟，全部叫不起來，我只好一個人到天微亮才下崗。雖然很累，但很好玩也很震憾，到今天我還記憶猶新，那是我從小到大唯一一次，因為有救國團的成員參與，才有這麼永生難忘的活動，尤其是當晚的最高潮在營火晚會，還有那首萍聚，是我們五、六年級生至今還在傳唱的歌，比起現在，露營變成比裝備，比營帳豪華，還是那時單純的野營，更是令人懷念。

5. 芒花的誘惑

年輕時，網路不發達，我喜歡去各地旅遊，所以我會收集很多旅遊的簡報，其中有芒花的季節，也就是秋天，是我收集最多的時候，因爲我對芒花情有獨鍾，覺得數大便是美，這感覺很浪漫，所以只要有芒花的地方，我就會把那風景照剪下來收藏，我不知道我常常做這件事，用意爲何？隨著年齡，越是喜歡，收藏更多。

芒花到處都有，河床裡的芒花最吸引我，小時候爺爺喜歡到附近河床找一種植物，而我最喜歡爺爺，自然在旁跟上跟下，爺爺常常跟我講一些新奇有趣的事情，想像力豐富的我，會自己腦補一些畫面，這就是往後我常天馬行空的由來吧！乾涸的河床，長了一些不知名的小草很特別，開了一些不知名的花兒，我喜歡那種感覺，應該是喜歡跟爺爺在一起的感覺吧！

眼前河床上的一切，看似平靜，有多少人知道，很久很久以前，在這裡曾經發生過死傷慘重的大水災嗎？聽爺爺說，水災的當晚，只聽到哄哄隆的巨聲，沒有人敢探頭看看，越晚聲音越大，霎那間，屋頂上突然破一大洞，水直接的衝撞進來，房屋及所有傢俱瞬間的一併帶走，據倖存的人形容，眼前的景·象，眞所謂屍橫遍野，慘不忍睹，實在無法接受自己眼前所見，是在人間，還是地獄，那次水災在我未出生之前發生的，對我而言像電影情節，但可以確定看過之人，那份驚恐定然跟著這個生命永生無法擺脫，水火無情眞的一點也不假。

有一個景點叫就九份，那是一個深具濛朧美、知性美，極度浪漫的地方而此地的芒花季節，身處其中或者遠望，絕對會以爲自己身處在充滿靈異的武俠片片場，我所收集的剪報，攝影者都拍的煙霧濛濛看起來就是有一種神祕感而那個神祕感就是最吸引人的地方。照著地圖上的路線，印入眼廉一大片白芒芒，分不清楚界線在哪的芒花，雖然是深秋時節，芒花迎風搖曳，好美，好浪漫，在與當地人談到人文，還有過去的風光，又更多的喜愛和暇想，那個熱鬧、繁華的山城，頓時覺得到了夜上海的感覺，爲了賞芒花，卻因爲時間太趕，聽聞這裡藝術家特別的多，無緣親自到訪，依依不捨離開了九份，期待下次的相逢。芒花呀芒花，一片片白芒芒，果然是很大的誘惑。

6. 有為的將、帥

算一算，進入這個職場，已經超過三十個年頭，眞的熱愛這個工作嗎？不完全是，剛開始初生之犢不畏虎，所以結果很不錯，收入比起一般上班族高很多，時間自由，我從新竹到花蓮，也沒有因爲人生地不熟而影響，一年後，確信這份工作，可以讓我有很大發揮空間，甚至認爲可成爲終身的事業。

一份工作要當作事業，必須要諸多因素造就，最重要的是自己的心態，還有職場的氛圍，更關鍵還有善於運籌帷幄的將、帥，有這麼一句話，「將、帥無能，累死三軍」剛到花蓮時，因爲接收的是北部教育訓練的專業與積極，秉持一貫的作業方式，業務隨之提高，讓原本在地的同仁們有排擠效應，主管也沒有適當安撫、導致大家的情緒越來越難收拾，自然影響著原來的初衷，在一個比賽月過後，我一個人扛下了半個單位的業績，同事們忌妒的情緒高漲到頂點，主管也覺得我功高震主吧！帶頭打壓，孤立無援的我，想到了良禽擇木而棲，在請調的過程，鬧的風風雨雨，也讓我一度想放棄，此時外商公司陸續進駐，多方考量，毅然決然離開經營八年的老東家；美商公司的主管，時時都要接受新的課程，與新公司主管的互動，總能擦出火花，有新的想法很快就達成共識，跟他配合的那幾年，我們時常做職場開拓，DM行銷，單也越來越往財稅規劃的方向，每每看我一大堆保單回來，同事們總是投以羨慕的眼神，不像前公司，用忌妒，諷刺的言詞，這也就是當時領導人的格局影響。這裡的主管讓大家公平競爭，互相影響著，還把辦公費用，完全用在新人及獎勵上，讓每個人都知道所為何來，以單位榮耀為己任，也讓自己荷包滿滿，是我第一個在這個職場上，真正佩服之人，轉過身在這又經過了八年，無常總不在預料之中，一個大變故，讓我不得不離開這個集所有美好的故鄉，回到中央山脈的另一端，向主管告別之時，極有風度的主管，人品跟前公司主管天差地別，記得當初前公司，我一離職，馬上去函所有客戶，竭盡所能中傷，豪不留情面，而這位各方面都優秀的主管，只祝福我，還告知如有本地客戶他可以幫忙，不需舟車勞頓。

回到台北，半百年紀，保險事業又是另一個轉型，爲了給客戶更客觀的建議，經紀人公司是很好的平台，有了前車之鑑，我需要找一個很能配合，很專業，更重要的有遠見又大器的將、帥，運氣很好的我，在諸多菁英中，一位好朋友介紹了她的學生，初次見面，年輕、有企圖心，再加上一看就知道的視野，是個值得合作的對象，果其不然，在這已經半百的年紀，若不是他的配合，要保有過去的水準實屬不易，而且身體已經惡化到不行，好幾次簽完約直奔醫院急診室，他總是叫我以身體爲重，在行政事務上更是多方支援，近幾年，他並不會因爲我業績不穩定而疏忽對我的關心，只要一通電話，一定會馬上有答案，讓我順利完成給客戶的提案，在整個團隊裡，他也得到了所有人的認同，在這個行業這麼久，能讓我由衷感激、佩服的，唯他是第一人，也相信他會越來越好，因爲他身上滿滿成功的細胞，也就是我看過最有爲的將、帥。

7. 隨時都有感動

洗腎之後，牙齒崩壞的速度很快，這個年紀口裡竟然沒有一顆眞牙，一大早一排假牙掉了，想起有一個牙醫說，認命吧。這年紀就是牙齒鬆動，頭髮稀少，晚上找了一家口碑不錯的牙醫，看了那一口令人頭疼的牙齒，仔細分析給我聽，因爲約診早已客滿，相約下個星期拔牙，臨走前醫師再多看一眼，問我是否會痛，我肯定了，他再請旁邊的助手拿預約單過來，實在找不到空檔幫我治療，突然想到似的，我看你的牙沒辦法撐到下星期，這樣明日我提早上班一小時，幫你拔牙，因爲這顆牙非常難處理，問我可以配合嗎？此時我覺得很感動，我畢竟是第一次來掛診，遇到仁心的醫生，這讓我想到上個月心臟科回診，預約的時間會讓我無法趕回洗腎中心洗腎，我事前發訊息請主治醫師幫忙，把診號提早，可是醫生的病人太多，無法往前移，醫師只好告訴我，他提早上班，門診尚未開始，先幫我看，問我可行嗎？也是一位仁醫，感動的事，感動的人眞的很多，除了感恩，還是感恩。

不管在每一個時間，都能遇到貴人幫助，所以我也有個習慣，接受了別人的幫助，我也會時時看看四周有沒有需要幫助的人，爲其盡一份力，初次見我的人，都會認爲我難相處，說我太嚴肅，甚至曾經有一位剛進公司的同事，第一次見我就告訴自己，今後絕對不會跟我這個人做朋友，這件事一直到若干年後，我們不知道爲什麼會成爲無話不談的好朋友，她才說出來，原因不可考，這種情形不是第一次，總是在我第一次幫助人後，才了解我其實沒那麼糟，所以自助人助眞是至理名言。少年時，在一家美商公司上班，一位不曾打招呼的同事，也不對勁，更沒交集過，就是互看不順眼，結果公司部門重組，我們分發到同一個單位，只有我們兩人，怎辦，要兩人配合才能完成的工作，總不能不開口吧！誰知一開口，我倆天南地北，下班了還意猶未盡，更有相見恨晚的感覺，因爲他已經向公司遞辭呈了，再一個月她就回南部，我們懊惱著，怎麼浪費那麼多時間，時間到了，她還是回到國境之南，好遙遠的屏東，我們依依不捨告別，相約南下或北上，當時不像現在，高鐵方便，不過想念對方的心，在分開二年後，她嫁到北部，對我的距離很近，老天安排吧！沒想到剛慶幸我們可以常見面，卻在此時，我因爲家裡的因素，遠走他鄉到花蓮，但我們沒有忘記這份情誼，直到今天。所以，心心念念，不忘幫助需要的人，就是廣結善緣，在結善緣中，更多的是令人感動的事物。

8. 那一年，在七角川溪

花蓮，一個號稱爲最適合人居住的地方，名爲吉安鄉，在日據時期，日本政府把處於花蓮市一河之隔的吉安鄉規劃爲行政區，所以吉安鄉的每一條路或街都是筆直的，像畫格子般，山邊到海邊不用拐彎，而七腳川就位於山海的中間，往山邊十分鐘，往海邊也十分鐘，我家一出門即是七角川，兩旁的步道就是每日人們健走、晨跑的地方，步道旁邊就是農田，種滿各式各樣的農作，一眼望去，綠油油一片，令人感動。兒子上小學，學校離家一段路，我每天騎著協力車載他上學，那時候花蓮是第一台協力車呢？我們邊騎邊聊，有時還會碰到認識的人，自然又是滿載而歸，後來上國中，也在附近，換他自己每天騎腳踏車，他好開心，因爲他也喜歡在七角川的步道，悠遊自在的到學校。

國中以後，所謂的青春期來臨，小兒子是個非常溫柔的孩子，也不會有什麼改變，有一天接到學校的電話，要我去接孩子回家，著急趕到學校，才發現他被霸凌，孩子看到我，終於忍不住抱住我大哭一場，我了解狀況後，學校的態度就是息事寧人，我覺得沒有好好處理，可能會在孩子心裡產生陰影，於是我跟學校溝通先帶孩子去驗傷，要求校方連絡，所有滋事者及其家長見面，看到前來的家長，每一個身上的刺青，還有酒尚未醒的，我了解到家庭才是最大的問題，這些孩子只是缺乏父母的關心、注意，我告知學校保留法律追訴權，那些家長帶著孩子拼命道歉，我說孩子在學校學習重要，但更重要的是人身安全，這件事落幕後，我決定暫時接送他，不讓他騎車上學，那些帶頭肇事的同學其實是單純的，上下學我的車子一到，馬上幫我指揮，並允諾我會保護孩子的安全，為了撫平孩子的心靈，帶他全省走了一趟，總算安然度過了三年國中生崖。

畢業後準備升學考，考完一整個暑假，每天看他騎車往返於七角川、游泳池還有同學家，開心等待高中生的驚奇。時間在指間快速划過，高中三年應該是我們母子最快樂的時光，早上送他上學，學校是我們討論達成共識，決定念在地一所風評很好的高中，在那認識他生命中最好的老師，更讓他文筆充足的發輝，老師帶著他參加很多議題的比賽，更培養了他對弱勢族群的關心，他變成一個人人喜歡的孩子，他自己也時時表現他溫暖的一面，溫文儒雅的外表，內心更是體貼。所有他的好友師長在生日或特別的日子都會收到他溫暖的祝福。一晃大學畢業了，在那四年，更多的好友同學，更多的同學喜歡跟他回花蓮，聽他介紹七角川，七角川來來往往散步、健身的人們啊！有人看到一個小阿哥，騎著腳踏車，流連在七角川嗎？別後你曾經來過七角川嗎？七角川，永遠懷念的地方。

9. 春風化雨

曾經，在一個很遠很遠的高山上，媽媽帶著我和弟弟還有一個阿姨走了好久好久的路，終於在中午前到達了高山上一個親戚的家，正在辦喜事，由於父親善於煮辦桌菜，喜事之家又是自己親戚，所以情商父親爲喜宴操刀，需要事前準備，爸爸前一天就住在主人家，我是個小小孩，一看到爸爸，就抱著他的大腿不放，所有的親戚就靠過來瞎起鬨，最多的問題就是，妹妹將來想做廚師嗎？，跟爸爸一樣，我很大聲回答，要好好地讀書，將來一定當老師。

國小一年級，剛開始接觸人群，因爲從小住在山上，沒有玩伴，這個環境對我考驗很大，我只好認眞聽講，第一次考試全科一百分，爸爸高興的不得了，我和他之間的默契就是一定要當老師，這時候媽媽開始手抄九九乘法表，當然是一年級就已經背熟那張一生都受用的九九乘法表了。二年級有幸遇到第一個好老師，且不說她的教學，她就像媽媽，讓我覺得安心，她也看到了我寫作的天份，剛開始上作文課，她就跟學校推薦我去參加比賽，因爲第一次，難免緊張，只拿了第三名，但是他仍舊很看好我，那時父親都會在教師節特別送卡片給他，他都會來跟我說謝謝你爸爸，後來的兩年就在他的教導之下，我覺得我進步很多，更對學習有濃厚的興趣，也慢慢開始交朋友。我碰到的另外一個老師就是我上國中時候的第一個老師，是我們班導，他的個子不高，但是非常熱心，爲了我升學的問題他來我們家，做了好幾次訪問，正因爲父親剛過世，他怕我因爲難過，忽視了課業，特別來找我的母親，要母親無論如何鼓勵我，一定不可喪志，雖然我到最後仍舊沒有按照他的期待，可是我卻對他一直存著感恩的心，這就是我一生中遇到的第二個好老師。

雖然我完全沒有按照老師的期待，可是我沒有忘記對父親的承諾，我知道也許我做不到了，但是我還是很努力很認眞，在每個時期扮演好自己的角色，也必須爲自己的選擇付出代價，卽使困難重重，仰望天空，爸爸的愛，給我很大的勇氣，也就關關難過關關過，現在退休之際，一個機緣，開啟了原本就喜愛的寫作

之路，因爲這樣，孫子們的老師，都來問孫子，奶奶是不是在教書，或者在教作文，也有很多人叫我教他們的孩子寫作文，我發現雖然沒有到學校去教書，沒有當所謂的老師，可是我在日常生活中也可以教很多的孩子們，這跟我答應父親的事有點雷同，所以算是對得起爸爸，我一直覺得能夠當老師，這個春風化雨的工作是非常值得人家敬重的，也許他的一句話就影響了一個孩子一生，這個地位很重要。我更感謝在我的人生路上眞正教過我的老師們。

10. 同理心

人們最容易說出的一句話，同理心，同理心，我也以為這是很輕鬆做到的一件事，所以有一個習慣，凡任何人的事，都要用同理心對待，事實上對人最大的殘忍就是同理心，每個人對每件事，痛的程度絕不會一樣，我們都不是對方，怎麼能想像對方承受著什麼樣心境轉折，既不是當事人，又何來同理之說。還有一句話，常在父、母口中，我懂，眞的懂，我是為你好，年輕時，輕易說出口，我為你好，我可以理解你，這些話，聽者感覺如何，我不知道，有朝一日親身經歷，才會知道，這個說法也是不負責任，我也不例外，少年時期，總以為了解他人是一件簡單的事，動不動就自以為了解對方，有時還更甚的為對方下指導棋，到最後傷了自己也吃力不討好，現在才知道，你不是他，千萬不要說一句同理心，好似可以解決所有的問題，其實一點也沒有，只會讓對方更加痛苦難耐。

十年前的的那一晚，痛徹心肺的廝裂傷，一個自稱最了解，最關心我的好姐妹，三更半夜的跑到我家，當時覺得很感動，爲什麼這麼晚還來安慰我，原來根本不是那回事，一進門劈頭第一句，你趕快打電話給對方吧！對方現在心裡一定很不好受，因爲你還沒有原諒他，我當時不知道他到底說什麼，那時的我，因爲一個肇事者不注意，讓我失去了一個貼心孝順又懂事的孩子，痛徹心扉的我，他竟然要我馬上打電話給對方說原諒他了，請他不要難過，左一句同理心，右一句同理心，那時只覺得五雷轟頂，原來特地前來，要我以同理心來考量肇事者的處境，要我在短短兩天，原諒對方，說自己可以忍受到多一點，莫要同樣的苦也讓對方承受，這句話，好朋友，你要不要試試看，一個剛剛失了從小個性乖巧，對待所有的人完美眞誠，溫文儒雅又貼心的孩子，大學畢業尙未回到家，這時的母親情何以堪，你要她同理心，聽到了這些話，是不是當下做不到，就是沒有同理心？到此時，只有一個想法，眼前的這個人，迅速從我眼前消失，這麼偉大的情操，這麼偉大的人物，我高攀不起。想到在不久之前，她的女兒在學校跌倒腳稍微受傷，她要求學校嚴懲讓她女兒受傷的同學，由此看來，同理心是有條件的，在現在這個社會裡，這種寬以律己，嚴以待人的人眞的很多，所以，整日把同理心掛在嘴上的人，只不過是一個不食人間煙火，擁有偉大人品的朋友，至此敬而遠之。

每個人要求別人總是採取高標，對自己則得過且過，其實過與不及都不對，與其要同理心，不如多些體諒、包容，因爲每個人內心都有脆弱、無助的角落，處理事情都盡量做到圓融，這個世界會少很多事。

11. 海的故鄉

以前不喜歡海，總認爲太大、太寬、太遠、看不到邊際，怎麼看就是灰濛濛的一片，海浪捲起，隨時要將人吞噬一樣，所以在西部，我從來不會到海邊，尤其夏日，都有一股鹹味、腥味，聞起來實在不會讓人感到舒服，我更以爲海就是如此不討喜的地方。也從來不知道，山的那一邊，有一片大海有著不一樣的顏色，藍得比天空的藍還要藍，屬於湛藍，那山與海的結合更是分不清楚，正所謂海天一色，美的引人心醉，加上海岸線長的沒有盡頭，看得入神，有一種到了仙境的飄飄然，這就是故鄉的海。

住在花蓮的時間，分成兩個階段，長達二十多年，年輕時候，初生之犢不畏虎，來到一個離鄉非常遙遠的地方，也沒有思考的有任何問題，就住下了，雖說是工作性質不變，但我的工作最需要的是人脈，完全陌生的環境，一個人也不認識，前途茫茫，職場上東部本來就腳步緩慢，而在西部接受過快速又專業的訓練，讓我與同事之間格格不入，也備受排擠，加上語言不通，從小客家庄長大的孩子，在這裡的客家人可能爲了不受干擾，普遍都說台語，初時常被打槍，是眞是假分不清楚，慶幸自己膽子夠大，加上誠懇的一片心，在很短時間，也創造不錯的佳績，半年後終於穩定成長，思考著將來有無回鄉的可能，一年後，在美麗的東台灣買了一間房子，居住下來，當時沒想過，有天終究還是回到家鄉，因爲外地的遊子，像水上的浮萍，終於還是回到現實，眼前爲了生計，暫時放下了思鄉之苦，繼續努力的工作，不知不覺過了二十年，當然，在這個人人嚮往美麗的地方，假日也不想浪費，山邊海邊帶著孩子走訪每個步道、看遍所有的驚喜，說愛上花蓮，一點都不爲過，家鄉母親關切的話語，並沒意識到母在不遠遊的道理，直到母親生命到達終點，方知後悔莫及，送別了母親，腳步沉重的回到異鄉，心想沒有了父母，也就沒有了根，只好往前走去，每當思念湧上，望著太平洋，一望無際的大海，稍微解解苦悶，幸好有這片大海，加上高山峻嶺，總算渡過了那段不知身在何方的日子，勇敢的闖出一番成就。

本以爲會在這有著絕美山海的地方，直到終老，命運的安排，不會照著自己的想法走，無常更不在設定的範圍內，在花蓮成長的小兒子，卻在大學畢業時，一場車禍結束了一切，萬念俱灰的我，頓時失去了走下去的動力，哪怕再美的大海，沒有了孩子，頓時失去了色彩，把孩子送到我們未來的歸處，急欲離開傷心地，收拾了行囊，回到北部，熟不知這一別從此再無機會回到那個永遠難忘的第二故鄉，接下來身體可能受創嚴重，一病不起，爲了醫療的方便，回到原點，而那永生永世都有我和孩子回憶的地方，只能深深的藏在內心，那畢竟是我和孩子最多快樂的記憶。如今美麗的大海，變成夢裡才能相見的地方。回鄉數年，心裏仍常想著那藍的誇張的太平洋。

12. 為誰而優越

每個人都需要被鼓勵、肯定，不管在任何時期，很多對自己有著無比自信者，皆因生長的環境，充滿愛，家人良善的溝通，讚美，反之則不然，在我洗腎的地方，有一個優秀，熱忱的行政小姐，她熟悉每一個SOP，做事乾淨俐落條理分明，她是主管的得力助手。因爲她進公司的時間，也就是我剛換到這家洗腎中心的時間，只見她手忙腳亂、說西忘東、一個負責教導她的人，隨時緊迫盯人，不斷大聲指正其錯誤，眼看著這位小姐快承受不住，準備離職了，辭職書未遞送，那位教導她的人員已先離職，她又做了下來而且表現越來越好，看她充滿自信的眼神，我替她開心，跟當時那個時時擔心被罵，冷暴力對待的她，簡直判若兩人，可見言語有多麼的重要。周遭這種情況很多，很多教導者不可不愼，尤其看到了很多父母對孩子，總是指責多於關愛，這樣很容易打擊孩子的自信心，甚或很多父母自認爲爲孩子好，給與過多不合理的要求，殊不知因此影響著孩子的一生。

表現、優異、突出還有一個重要關鍵，那就是被人賞識，自己也願意受教，又或爲了相信自己、愛護自己的人而努力成爲最優。當年送媽媽離開後，弟弟說了一段話，妳要常回來，因爲這是妳的家，要努力成爲讓人稱讚的人，我們要讓父、母覺得驕傲，才不辜負當年媽媽的堅持；我生命中有很多貴人，更有我生命中的導師，我時時警惕要謹言慎行。我居住的地方，有一個脾氣火爆、又喜歡談論他人的好事者，常常一點小事暴怒，前些日子，一個小誤會她又開始對我咆哮，口裡出來的，極盡粗野的字句，我不想與她爭吵，往屋內走去，圍觀者越來越多，七嘴八舌，後來聽說她更生氣，昨日一個鄰居跑來問我？是否有在修行學佛，師承何人？怎麼有這麼大的包容力，面對他人的漫罵、羞辱而無動於衷，我很開心她這樣問，總算沒有讓老師丟臉。有時候自己的一舉一動別人看的不是你的言行，而是你在什麼樣的環境，每個人都會有一個中心思想，甚至把中心思想作爲自己一生都要追尋的目標，那樣的堅持，是由誰來造就，爲了誰才要成爲自己現在的樣子，我小時候，受到了父執輩的疼愛及哉培，我所作的一切，尤其是對文學的喜愛，皆爲希望人們都記得我的長輩們在那個年代，上知天文，下知地理，是道地的書香門第，他們是佃農，可對文學的愛好，不輸給眞正在讀書的家庭，爺爺跟兩個叔叔一直是我的典範，要學習的人，有人問我，爲何喜歡創作，我都會很自豪的介紹我的啟蒙老師，當然，我要很努力，讓自己更優越。這是我對他們的報答。

13. 我們的友情是秤斤秤兩的嗎

從來沒有對「友情」這兩個字去思考過他的狀態，這次的同學會讓我上了一堂非常大的震撼教育，我一直以來都沒有跟同學有很多的互動一直到前幾年，突然意識到自己的年紀，極難得的緣份，所以我現在每年都會去參加同學會就像我的同學們都說，年過五十了能夠有多少次的同學會，會不會人越來越少了，當然每次的同學會總是很開心，大家聊聊過去，聊聊小時候那種純真，那種快樂，每一次的聚會都讓我們很難忘，我們也相約每一年都要舉辦一次同學會，漸漸的形成了一種默契，這幾年都是原班人馬，大家的身體都還可以，即使再忙再累總是沒有抱怨很開心的說說笑笑，這才是我們喜歡同學會的這個主要原因。

今年主辦人突然決定我們不再從我們的故鄉舉辦而是到另外一個縣市，去吃當地最好吃的餐點，當然大家也不會有什麼意見，最大的問題在於交通，尤其是我，我居住的地方沒有大衆運輸工具，當然交通也從來不會是問題，同學們會輪流來載我，原本我也覺得沒什麼，有位同學常常接受我的委託，所以這一次也自然而然地由她來接送，高高興興的去參加，回程以後兒子突然跟我講了一番話，他告訴我我到底知不知道我那位同學如果直接從他們家上高速公路到達目的地，跟從他們家來到我們家再上高速公路公里數差多少？他要多開了多久的車我頓時愣住了，我不知道兒子說的是什麼意思媳婦開口了，你知道他要加多少時間還有多跑很遠的路，數落我說我不知道別人的辛苦，他說爲什麼做事情都不用考慮到別人，我當時眞的是沒有這樣想過，也對公里數沒什麼概念，所以我打電話給那位接送我的同學跟她說對不起，說我的確不知道這樣會增加他們多大的困擾，同學劈頭一句，講這是什麼話，難道我們的交情是用公里數來計算的嗎？既然是好朋友這是一個問題嗎？我希望以後不要再從你嘴裡聽到這樣的話語，因爲我們是好朋友，好同學，現在是，以後也是，當下我眞的覺得好感動，像我這麼粗線條的人，我不知道我曾經麻煩了多少人，我也不知道爲什麼人家都對我非常的好都能夠體諒我，原來就像那位同學說的，感情有這麼深，有這麼好跟公里數有什麼關係，這就是我們的感情，屬於我們這一代的友情，這是現代的年輕人不會了解的，眞的是這樣，我從事業務工作三十年，從來沒有出國回來要送禮，過年過節要送禮或者談成的case也要送禮這種事情發生，因爲我認爲我幫客戶做最好的服務，最專業的服務，不應該是用物質來衡量從客戶的口中聽到的也是這個樣子，但是我發現我的孩子們，當他們出國去他們幾乎有一半的行李都是在爲回來要送的禮物作準備，他們買了很多大大小小的名產，就爲了告訴人家他們出國了，他們必須要送禮，果然是我們這一代的人接受了生活與倫理的教育，我們珍惜跟每個人的相處，珍惜跟兄弟姊妹甚至好朋友眞正的情份，並不是用禮物或者用任何物質來代替我們之間的友情，眞的很感動我的同學爲我上了一課，從今以後打從心裡的感激要說出來因爲這一切並不是理所當然，而是眞誠的付出。

14. 職崖中的樂趣（一）

自己從事的行業，竟然三十年未換，我應該不是一個很穩定個性的人，怎麼會一腳踩進這個圈子，一直到退休，想想真不可思議。到底是什麼行業，這麼有魅力，一旦開始，就無法停歇，這個行業的個中滋味，如人飲水，冷暖自知，大部份的人，都會半途而廢，也覺得辛苦，我呢？卻是樂此不疲，舉幾個例子，大家就會知道我的成就感在哪裏了。

因個人因素，從新竹來到花蓮，一個完全陌生的城市，從事的又是急需人脈的工作，說不害怕是騙人的，但環境也由不得你可以放鬆，只能硬著頭皮，去拜訪了第一個客戶，一進門就被猛凶了一頓，對方只言，別講國語，聽不懂，自小在客家庄長大，不講國語，怎麼溝通呢？不管了，直接發音，用電視上學的破台語「你家還有人沒買保險嗎？」對方一愣，喔有呢？我小女尚未買，你有什麼好產品嗎？就這樣，成交一件，第二天請主任陪同，覺得第一天沒講清楚，一進門就聽到主人大聲說，你昨天的小姐沒講一句聽得懂的，只聽到主任問，那怎麼在聽不懂加上不認識的情況下，就把錢交給她，客戶只回答一句，看她很古意（老實）原來這種長相也是好處；每天拜訪一人自然不夠，第二戶人，家裡有兩個約七十歲左右的老夫婦，坐在四合院的兩邊，聽到我的來處，又是一陣破口大罵，我雖不會說，但聽得懂，罵了約二十分鐘，我還是用不靈光的台語應對，沒想到我一開口，老公公打斷我，妳客家人嗎？我說是，他們兩異口同聲且轉換語調，哪來的客家人，我說新竹，只見老婆婆馬上端出一杯熱茶，用親切的客家話跟我熱情的攀談起來，並且叫出他家唯一尚未買保險的兒子，迅速的又成交；時至中午，先買一份快餐，老闆娘很熱情，坐位很空，就想到入內用餐，老闆娘說沒見過我，自我介紹了一下，她眼神發亮，原來保險跟她所知的舊式招攬完全不同，過去只爲了跟親人捧場，也不知買了一些什麼？經過了時間不短的整理，補足她們全家完整的部份，這份快餐，爲我帶來不小的進帳。這是民國八十二年，我剛到花蓮完成報到的第二天，那時我三十歲。

花蓮的美從一早開始，從住家到公司，沿路就覺得空氣清新，花香鳥語，辦完行政事務，才從同事口中得知，這個月是所謂競賽月，我按照既定行程，昨日下班時，看到了一家規模不小的釣蝦場，營業時間未到，進去剛好碰到老闆，說明來意，老闆示意，說來聽聽，不輪轉的台語讓我非常吃力，專業都打了折扣，老闆邊烤著魚邊聽我說明，當然，烤魚真的很好吃，心裏想著，今天就算沒有成交，也跟老闆建立了交集，我們共同吃了兩條魚，蝦不少，臨行前老闆叫我到他住家找老婆開支票，完全出乎意料之外，支票面額在當時是非常高的，第二天送收據，老闆用客家語跟我說，妳的台語這麼差，難道是客家人？我又再次被不講客語的客家人打敗了。

15. 職崖中的樂趣（二）

傾聽，是與人應對最高的一環，尤其是業務工作者，一早經過了一間機車行，車子剛好需換機油，車子交給老闆後，老闆娘請我入內喝茶，可能我長的一付生命線義工的樣子，初次見面，老闆娘對我訴苦了將近兩個小時，機車也換油完畢，只見老闆娘跟老闆說，家裡所有保單，交給邱小姐整理，印象中兩個小時的對話，沒有談到我的部份，也許我讓她的情緒得到了抒發，整理過的保單，將近達成了整月的目標。往後的日子，每次的見面，先聽二個小時再說。

客戶永遠是對的，這句話扣住了每個業務的心，有些客戶眞的是要求過度，爲了業績，忍氣吞聲居多，我是個實事求是的人，是不願爲無理之人，迎合要求做無理之事，否則會讓人得吋進尺，有一天客戶介紹一家完全沒有買過保險的家庭，當天晚上到了主人家，一屋子的鄰居，據說都爲反對而來，開始點名，首先問那些反對者，大部份爲反對，只有一至二個是理賠認知的問題，稍作解釋也就平息了，我再問如果今日因爲大家反對，而鄰居出事，每個人可以每月幫助鄰居多少錢，如果每個人可以在朋友出事時，扮演保險公司的角色，那我今日也不用談了，主人終於聽懂我要表達的，當晚成交夫妻兩人的保障，所以，只要爲客戶好，有時還是需要據理力爭。

在這個職場上，口才跟膽識是最重要的，曾經一位剛從台北搬回花蓮的客戶，我去幫她辦地址遷移，說眞的我還從來沒有看過這麼冷漠的一個人，我問了十句話她最多回答兩個，我欲打開僵局還是沒有用，心裡在想她繼續不說話我怎麼跟她談，後來決定唱獨角戲，我把重點畫好，直接講完所有需要表達的，客戶依舊不言不語，我再問我說的清楚了？她終於回應了多少錢於是我告訴她金額，她就上樓去了，過了二十分鐘下來，手上抓著一把錢，直接簽名，成交，雖然已經是客戶，她仍然冷默，而每次對話就是少少幾句，但這不重要，終究會爲我的誠意而感動了，現在我們是無話不談的好朋友。

職涯生涯的樂趣不勝枚舉，其中當然能夠知道客戶的辛酸血淚或者快樂歡笑。當客戶願意跟你分享他的所有，我們就是最快樂的，這個行業除了能夠幫助自己，更能夠完美他人。再說這個行業絕對不能用太專業的口吻，客戶很簡單，只是想知道，什麼是他最需要的，他必需花多少錢，買的是那些保障，很多剛進這個行業的年輕人，因爲人脈不夠，看到一個客戶就像看到了珠寶，拼命往身上挖掘，也把所有學的一股腦兒倒給客戶，把客戶嚇壞了，所以保有一顆誠摯的心，眞正爲客戶著想，才是立於不敗之地的關鍵。

16. 愛上自己，快樂生活

二個三十幾年的老朋友，一通電話，一起去拜訪了多年不見的老同事，這位老同事在三十多年前曾經幫過我，後來因人各有志，我離開了原來的單位，之後沒有再見面，難得的緣份我們又聯絡上了，坐下來只聽到她不斷的抱怨，抱怨孩子太忙，沒時間陪她，抱怨生病化療都一個人，沒有人照顧她，還憂怨的說她的寂寞，原本開心的聚會，因為她的怨天尤人，氣氛變得很悶，我和另一個好朋友，無奈相視。顯然這些年，她一直活在自己的世界，並沒有成長。

我也曾經有過這樣的心境，但因為工作關係，時常有成長課程，自然就知道怎麼跨越障礙，轉換心情，跟我同行的老友，也常參加類似訓練，我們費了很大功夫，欲解開她心裏的問題，時間太久，觀念難改變，而且她又剛因為罹癌化療，身體不適，也不便再說，分開之後，我在想，身邊像她這樣的人，不在少數，怎麼讓她學習自己愛自己呢？年過五十，眞要思索一個問題，試著一個人生活，所謂一個人，不一定是離開家，離開家人，而是一個人的時候，能夠自得其樂，單獨完成一件事，更不要要求有人陪伴或者依賴，很多人在孩子長大以後，突然覺得不被需要，會因此想多刷存在感，甚至讓旁人困擾，最後鬧得大家關係不好，我很慶幸，一直喜歡吸收新知識的習慣，年紀到了，慢慢改變，嘗試著做自己，孩子有孩子的生活，可以不要再繞著打轉，此時不只孩子需要成長，我們更需要，一段時間發現，自己一個人的時候，可以做很多事，我偏向看書，上網甚至偶爾發呆，找朋友聊聊開心的事，一天很快就過去了，也許我天生樂觀，凡事都往好的想，自是常有好事發生，眞的碰到不開心的事情，轉個彎就過去了，這也是我生病多年，仍舊保有愉悅心情的原因。

人生苦短，一直有過不去的事，過不去的心，消耗生命而已，快樂與否，取決於自己，有事可以溝通，不要藏事，以免造成誤會，家人相處，多方相忍，和樂最重要，我跟孩子，總是像朋友，可以聊，天南地北，我身體不好，也會把我擔心的問題說來參考，但我不會纏著家人討拍，我有我自己的自由想像空間，我熱愛寫作，所以也顯忙錄，孩子們叫我控制一卜，我更喜歡在朋友，家人前面搞笑，說些無厘頭的話，孩子老說不好笑，還說我生錯時代，很像古時候的老學究，我寫書，孩子們笑我，書會不會被拿去墊桌腳，我想讀者不會花錢買書而不好奇裡面寫什麼，總之，可以享受孤獨，享受一個人的自在，才會是別人以及自己都喜歡的樣子。

17. 希望之樹之英雄啊英雄

這個標題在十年前，支撐著我勇敢堅強的走過每一步，步伐有多沉重，好比腳上綁了鐵塊，舉步維艱，前方看不到盡頭，更好比茫茫大海中沒有指南針，故意讓身體漂著，隨時會被滅頂，自己也不想拉自己一把，體不見了，魂魄無所依歸，到底發生了什麼事，說也說不出口，哭也哭不出來，行屍走肉般一天又一天。

當看似走上絕路時，有一個聲音，一個畫面，被淚水溢滿的雙眼，依稀看到一位老者，在雪地中，面向風雪，大步跨出，不遠處有個懸崖，懸崖邊有大石，底部即將裂開，一根欲斷的枯樹，三分之一樹根緊抓危石，樹上一片隨時會掉下來的葉子，此時，老者仍然迎風雪向前，完全不懼大雪紛飛，風雪越來越大，枯樹上的葉子左右搖晃著，老者沒有停下腳步。天啊！是什麼樣的氣魄，多麼大的勇氣。回過神來，一間裝璜典雅的餐廳裡，我找了坐位，迎面而來就是矇矇看見的那個境相，原來是一幅畫作，藝術家將之取名爲希望之樹，英雄啊！英雄，好大的氣魄。此時的我，好比那懸崖邊的枯樹上那片葉，隨時會掉落。招手請服務人員，想確定自己的想法，希望之樹代表的涵意是卽使在最困難的絕境，只要一線希望，就能活下去，現在的我，多麼需要這種英雄豪氣呀！我把畫作請回家，掛在一個極爲明顯處，時時催眠自己，這是唯一走下去的動力。並且大聲吶喊，我要活下去。

當從最艱難的環境中，找到一個信念，鼓勵著自己或者替自己的情緒找到一個出口，這幅畫作微妙的出現，先讓我看到大片雪地的老者，再看見懸崖邊的枯樹，最後看到唯一的樹葉，藝術家作品的名稱，激起了我英雄般的氣魄，走過去就對了。

十年來，依著英雄般的氣魄，靠著危石上面的枯樹葉，鼓舞自己，從今而後，所有自身困難，煩惱，皆勇敢走過，現在非常幸運的到了另一個領域，更值得開心的事，這個領域還是小時候就具備的天賦，只要站穩腳步，就可以繼續往光明圓滿路上走，感恩諸佛菩薩，讓我看見了希望之樹。這幅顏色非常顯眼，底稿爲金黃色，配上紫色，我不是一個懂畫的人，作者的話深深吸引我的目光，而我也正需要這樣子的鼓勵。

18. 比賽

從小到大，人都不斷不斷跟自己或者他人比賽，各式各樣的比賽都可以讓自己更加進步，因爲要比賽，想盡一切，這是所有人都同樣心態，當然，贏的感覺眞的很棒。我個人眞的沒有多大能耐，舉凡需要體力的，我一概不行，從小學就害怕上體育課，尤其是賽跑，每次都推東推西，耗到下課，賽跑最後一名是一定的，單槓到六年級都爬不上去，最好玩的秋千也不敢盪，雖然我是鄉下長大的孩子，動態的玩法卻趨之若鶩，怎麼辦呀！媽媽說，妳將來靠什麼吃飯呢？一點力氣都沒有，而我並不知道擔心，從小愛讀書，加上爺爺，叔叔爸媽刻意的安排，我最愛的寫作，不知不覺訓練出來了，國小三年級，得到老師的賞識，派我去參加作文比賽，第一次就拿了第三名，接下來每每有作文比賽，一定讓我去參加，每個老師個性不同，做事方法也不同，有一次學校舉辦辯論比賽，也叫我去，我跟老師說，這我不行，老師認爲會寫作怎可能不會講話，硬著頭皮去，當然沒有結果，同學們的眼光，讓我很受傷，也讓我自己認知不是什麼都厲害，老師還半挖苦的說，原來妳不會吵架，也不知道這是褒還是貶，再來以後，除了作文，其他比賽也不敢再參加了。

現在想起，老師對學生的影響眞的很重要，有可能一句話就打擊孩子的信心。慶幸的是我有一個充滿愛的家庭，經過了全家人的安慰開導，告訴我，每個人的天份不同，各有各的特色，不必太在意，才讓我重拾信心，開心的做我愛作的事，上了國中，第一次的作文課，就讓國文老師刮目相看，拿著我的作品直奔校長室，校長交待張貼公告欄，於是更加讓我愛上寫作，隨著年齡的增長，遇見的事越來越多，人家說有故事的作品才有生命力，不然就落入了文字理，是嗎？其實，多麼希望自己平凡過一生啊！

其實我不愛跟人比賽，做我自己才是最快樂的，可在這個競爭的環境，很難置身事外，進了職場，業績也比賽，當初媽媽的擔心，說一個肩不能挑，手不能提的我，到底靠什麼過日子呢？可能因爲寫作的關係，我在與人應對，語言上會多加修飾，所以多了很多機會，這對我往後的工作更加如魚得水，一份工作到退休。三十多年的職場生崖，都在比賽中渡過，每遇比賽的月份，總得到很多客戶支持，所以我在小時候家人給我的知識學到，做自己專長的，喜歡的，也要由衷的佩服別人的特點，天生萬物，自有其特殊能力，任何的贏，都比不上家人的相親相愛，適度的競爭，但絕不能傷了情感，否則就是比賽贏了面子，卻大大的輸了裡子，多不划算。

19.

那一年的油桐花

五十年代，勤奮的年代，除了上工的父母，每個孩子，一到假日，就找打工機會，那時的打工，不是固定做什麼，有什麼做什麼，也可以隨著季節，撿拾起各種不同植物的果子賣錢，油桐子便是其中的一種，每年四月左右，現代人稱的五月血，也就是油桐花，滿山遍野，尤其是我們北部山區，又以桃竹苗爲大宗，但我們不會注意桐花的美，我們注目的焦點是十月桐花結成的果子，當成熟掉下來了，有一個現象，每顆桐花樹底下，擠滿了小孩甚至有大人會去撿拾，桐花子又稱油桐子，當油桐子成熟，我們會就地把桐子殼打開，取出油子賣錢，當時有固定收購，再轉給搾油工廠，聽說桐樹可爲經濟樹，用途非常多。

季節過了，處處都有機會，山上大量的伐木，因爲沒有道路，分段的樹有大有小，以自己扛得動爲主，也有兩人一組，把大樹扛下山，由於是勞力，辛苦自是難免，傍晚就開始秤斤算錢，大人小孩都開心，這個比較多錢，伐木結束，我們會一大早到山溝或較陰暗的地方，撿蝸牛，越是潮濕的地方，會撿到更大隻的，可以賣更多錢，總之在那個有努力就有收獲的時候，大人小孩都有錢賺，此時工業也正在蓬勃發展，各種手工，老闆們都固定送來，挨家挨戶都在忙錄，女孩們還可以織毛衣，打工機會，不勝枚舉。對我來說，純脆就是賺零用錢花，不像同學們都要幫忙家裡。可我喜歡大家一起來的感覺。

小孩心思的單純，回想起，單就油桐子發生的笑話就覺得笨得可以，山上油桐樹沒有固定主人，看到有就可以去撿，有一次，跟弟弟拿這裝米的大袋，往山上走去，看到柚子樹下滿地柚子，我們把所有柚子裝在袋中，因爲柚子大，很容易被發現，爲了怕誤爲偷摘的，天眞的把挖好的桐子，大約一個十元硬幣大小，放在柚子上面，放了不少，可是怎麼也掩蓋不住

只好趕快回家，又因爲太重，兩姐弟邊扛邊哭又不願放棄，因爲那是難得的美食。其實爸媽不太喜歡我們去打工，他們每天上工，有固定收入，只希望我好好讀書，在那個年代，甚至讓我去補習，國小到國中的銜接課程，弟弟不愛

讀書，我只好陪他到處打工，一個假日，要考試了，我想多念書，拗不過弟弟，又去撿油桐子，不知道怎麼了，心裡一直想自己有這麼可憐嗎，需要幫忙賺錢養家，當天晚上，爸爸去加班就沒有再回來了，自那天以後，我再也不敢偷懶，也不再去打工，聽爸爸的話，認眞讀書，只有寒暑假去媽媽工廠幫忙，太愛爸爸的心，我告訴自己，要一直讓他引以爲傲。每年的油桐花開，都讓我思念著爸爸，雖然經過了五十多年，那份愛，永生難忘。

20. 想念的季節

這個時候是想念的季節，夏天正準備轉至秋天，有一股淡淡溫溫的情緒，說不上來，也沒什麼事，最近許久未有消息的朋友，突然出現了，臉書上更多是失聯以久的人請求加好友，那日，拿起電話，撥給一個十年以上沒打過電話，連電話號碼都沒把握的好友，響三聲，對方接了，是，是熟悉再不能的聲音，妳好嗎？現在方便說嗎？她正在用毛筆寫心經，這倒不意外，最近臉書上常看到她的作品發表，她終於還是按照自己的天賦，興趣，成爲了藝文界的明日之星，當年我們各有夢想，也同時爲了事業放棄自己的最愛，沒想到繞了一圈，我們都算提早退休，我重新找到了創作的手感，她也回到她拿手的書法及畫畫，但我們始終在距離遙遠的兩方。

這通電話在半小時結束，掛下電話的當時，她說地址給我，我把邊跟你說話邊寫的隸書心經送給你，差點忘了，她竟然邊跟我說話邊寫，這不是一般人有的功力，心經到底有多少字，連我這個佛教徒都記不住莫說背下來了，我問爲什麼要送我呢？她說明天告訴你，第二天一早，Line上有一短文，上面寫著：

二十年前的那時，她走投無路，前途茫茫，有一個人，幫她找了房子，搬了家，還告訴大家，（她是我朋友）這個情份她一直記在心裡，才有今日贈送金色隸書心經的舉動，眞是有心。而我也很感動，多年的情誼，沒有因爲時空或忘。

這個季節，所有的感覺一擁而上，眼前像電影螢幕，一幕一幕呈現，平常想念的人更是浮上心頭，而許久不見的，依稀可見，喔！這個令人五味雜陳的季節，好多感觸，十年前的那一天，就是這個溫溫的季節，當天有一個想見的人，卻一霎那永遠無法再見，今天，我的心是平靜的，有誰看得見十年來，心像被果汁機打碎，五臟六腑也離位，兩年後，一台機器代替了我的腎臟，我必需與之共存一輩子，心可能太痛了，所謂心碎不過如此吧！但我知道，哪裡跌倒，哪裡站起來，我必須要自己慢慢修補撕裂的傷，幸得諸佛菩薩保祐，善知識的加持，咬緊牙根，一路往前邁進，走過來後，不再害怕這個季節，這個季節讓我想念我最愛的人，更變成我最想念的季節。

自傳 21.

當第一本散文輯出來時，看過的讀者中，有一部份讀者覺得像一本自傳，初看就讓人想繼續看下去，有一點吧，生長的年代是所謂最快樂的年代，記憶中有的都是成長過程裡的快樂，不由自主就寫下去了，等於人生中的前段是分數很高的，當然，人的一生中，豈只是那一小段的時光，長大後面對的不再是那單純的生活，而有更多的挑戰考驗，有人問我，爲什麼人要這麼辛苦，不能一輩子平凡的過嗎？這眞是個好問題。

忘了在哪裏看過一句話，說人來到世上，就是來學習成長的。因爲學習才能讓人更豐富生命，提高層次，通常遇到的逆境會比順境多得多，因爲唯有逆境才能培養出更堅強的性格，我也不例外，國小前，我自覺是快樂無煩惱的孩子，慢慢長大後發現不如意事十之八九，心想怎麼這樣，這時考驗著定力，有多大耐挫，就有多大的力量，忍耐挫折的能力，是來自小時家人給的愛，還有自己願意接來自生命中的任何教導，我個人中段時期真的是辛酸血淚交織的時候，有幸家人的愛支撐，回想起來，那個時候的一切，可用驚心動魄來形容，但也讓我成長最多，處理事情的能力越強，慶幸在最最兵慌馬亂時，有機會遇到生命中的貴人，給予很受用的善知識，透過學習，讓心靈安靜的看見，逆境給你的背後，要教你的啟示。所以自傳要怎麼寫，取決於你如何看待所謂生活裏的領悟，有人寫的好，很多因素是透過學習後通過了考核，有人駝鳥心態不願面對著，自怨自艾，抱怨中寫下遺憾的自傳，好可惜，更多人推於命運的安排，但，命運真的有主宰所有嗎？

我在十年前，遇到了生命中最大的打擊，也差點走不下去想放棄，還是過去所學，加上貴人再次出現，諸佛菩薩的護持，讓我徹底了解生命的意義，才有魄力勇敢向前，變成今天喜歡的自己，今年耳順之年，中段時期拉得很低的分數，能在大徹大悟之後的未來，讓我人生的後段時期，可以更加圓滿，如此有頭有尾的自傳，才是眾人想要參考的最佳範本。

22. 成熟的稻穗，越是低頭

年輕時候的我，走路，騎車常常會不小心跌倒，每次跌倒必定是膝蓋受傷，從不例外，時間久了，開始納悶，怎麼都傷在同一個地方，在一次偶然聚會，一位看似經驗老道的中老年人，看到了我膝蓋上的疤，開口問我做什麼工作，財務顧問，接著問我業績如何，同事們起鬨，她是我們團隊的第一人，對方說難怪，直言我是個能伸不能屈的人，還帶著一股傲氣，所以膝蓋常受傷。

我不服氣的問道，這跟傲氣有何關聯，對方講了幾個重點，聽完覺得不無道理，仔細想想自己是不是有他說的這些狀況，因爲業績好，會不自覺的驕傲，也因爲衆人的掌聲而得意忘形，更會低估別人，容易看到了他人的缺點而沒有先自省，更不懂包容，還好爲人師，不可一世，思前想後，還眞的有，此時方知自己所犯錯誤而不自知，思考許久，既知道問題所在，該怎麼彌補曾經因爲自己而受到傷害的人，是爲首要目標，業績好時要感恩，業績好除了自身的努力，還有貴人的相助，所以要謝謝所有拉你一把的貴人，再來，除非自己開口能幫助到對方，否則不要指導人家，這樣只會爲自己帶來麻煩，人畢竟都有不完美之處。

越是成功的人，越是要虛懷若谷，好比稻子成熟時，稻穗越低頭，此是謙和的極佳表現。既是謙虛，自然能屈能伸，膝蓋的彈力就會好，就不容易受傷，聽完整個連帶關係，原來所有的事，都有其原因，爲人處事怎能不愼，要學習的還很多。

人，眞是個健忘的生物，一個教訓學了乖，一段時間又再犯，等到下次問題再產生，又重新來檢討，不斷重複，如今年將六十，總算學得皮毛，懂得彎腰，雖然有點晚，只要有開始，都是好的，從朋友們的支持，就看的出來，縱然成長都要付出代價，但是誠心面對自己，久而久之，會得到認同，如今我將自身經歷化作文字，提醒自己也影響著大家，當所有人都懂得檢討，謙卑對待所有人事物，每人所處環境將一片祥和，甚至對所有宇宙萬物的尊重，相信也不會有現在眼前的混亂。內心的想法可以隱藏，但其散發出來的氣質，是會洩露的，尤其是

眼睛，故，有問題就要問，問出來就要改正，千萬不要自以爲聰明，失去了別人對你的信任，所有的事情都再也得不到答案。

23.

壓得住脾氣，是為真功夫

最近情緒有點到臨界點了，告訴自己一定要忍住，發脾氣表示自己的弱，也表示自己的智慧不足，尤其是在洗腎室，總有一些小狀況，也就是心理影響了生理了！我告訴自己，要把即將開始的脾氣壓回去，才是眞功夫，加油！

先穩住，再求穩定，不管周糟一切事，十年前我曾經說過，再也沒有比當時更難過更痛的事，師也說過，只要不是生死大事，都不是什麼事，現在的這些問題不是一朝一夕，各人有各人該承受，該成長的也不要逃避，孩子就是孩子，怎麼可能按照我們期待的，當年，我不也沒有替所有關心我的人，做到大家對我的期待，兒孫自有兒孫福吧！至於健康的問題，持續保持樂觀的心，唯有健康才是對自己最好的，沒照顧好自己，將來累了子女或任何人，是眞罪過。

到了這個時候，不要再回憶過去的豐功偉業，也不要刻意彰顯自己有多強，例如權利莫強求金錢夠用就好，雖然沒有錢是萬萬不能，可是金錢買不到的東西還是非常重要的，對待週邊所有的人，一切，自以爲是的作法跟著落伍，以慈悲爲出發點，不要以爲自己都是對的，事實上所謂的爲對方好，不一定適用於對方。一個家庭，擴大到一個團體盡量圓融萬象，凡事以和爲貴，這都是我還要繼續努力的地方，年紀越大，體悟越多，今日聽到年輕人的對話，讓自己更加警惕，說的是父母如果將來百年後，希望子女還會懷念，就要把身體照顧好，如果身體沒有照顧好，導致子女的負擔，將來子女會恨我們，那時只會想到我們給他帶來的災難，不會想到我們留下了多少財富或者留下多少智慧財產，聽起來非常現實，可也是事實，在我們小時候讀的是儒家思想、生活倫理，每個人不用教就知道要孝順父母，我們也無怨無悔的做到了，不管我們的父母是不是生病了或者他生病以後讓我們照顧得多久，我們也不會喊累。這是我們上一代的人，到了現代連課本裡，都不再教導孩子們，孩子們怎麼會知道，父母養我們長大，我們要孝順父母，他們只會就現實面，要上班，要工作、要賺錢養自己的家，沒有多餘的時間可以照顧父母，要不請外勞或送安養中心，更糟的是被棄養，如果生活不能自理，更是雪上加霜，當年我的媽媽她躺在床上的時間不長，大概只有半年多，我跟弟弟暫時放下工作，輪流照顧，媽媽走了，我們都覺得沒有遺憾。可是現在我們不一定可以爲子女留下多少金錢，又造成他們的經濟困難，那也不是慈悲的表現，雖然孝順父母天經地義，也是要子女有能力才有辦法，總之大家都要互相體諒，如果有一天，我們眞的是沒有辦法控制我們的四肢，無法自理我們的生活，孩子，請你原諒我們，當你們還小的時候，我們也是千辛萬苦把你們帶大，供你們讀書甚至做得更多，如果我們眞的讓你們受累了，請你們包容，每個人都會有老的一天，沒有一個父母親願意拖累子女，也不會故意造成麻煩。

24. 貼心的小孩

從小，大人們喜歡評論這人好不好命，我不明白好不好命的標準在哪，小孫子出生時，一位紫微老師看過他的命格，說這孩子是來享受福報的，意思是這輩子平步青雲沒有煩腦，是這樣嗎？一出生就直接往爺爺奶奶家送，也就是我家，可能太早離開母親的身邊，不安全感讓他的哭聲簡直響徹雲霄，鄰居們聽到他哭，總是過來關切，怎麼這麼會哭，我抱起他小小的身體，他會馬上停止哭泣，可能我一直都很喜歡小嬰兒，哭或笑我都覺得很可愛，尤其他是我的孫子，一天天小小手腳擺弄著，臉上笑容也越來越多，每天下班，不管多累，看到他，心都瞬間像溶解的冰塊，舒服了起來，雖然他還小，聽不懂，我還是每晚睡前幫他們講床邊故事，我每天講同一個故事，加上手舞足蹈，樂的祖孫三人都很開心。稍大時候，爺爺會用自創的娃車載他們散步在家旁邊的七腳川溪，兩旁是農田，夕陽餘暉，看似一幅絕美畫作。

本以為會帶著他們享受這田園風光，到他們長大，突如其來的意外，在哥哥三歲，弟弟一歲不得不離開傷心地，回到家鄉，遙遠中央山脈的另一邊。

三四歲的時候，我身體出了大問題，想要回到花蓮靜養，他哭的很厲害，我也捨不得，這天他起了大早，撲在我身上，童言童語的說，奶奶你去花蓮吧！妳在這裡一直生病，一直痛痛，我說那你呢！我聽你的話，回爸爸家，但是等我長大，我要去花蓮找你，帶著心痛感動的心，隻身前往花蓮，住了一年，情況未見好轉，兒子叫我回來，幫我準備一個小房間，一張單人床，晚上他把枕頭拿到了我旁邊，說我要跟妳睡喔！他還是那個整天黏著我的小可愛，一個轉彎就過了十一年，現在的他是個非常溫柔體貼的小暖男，每天我要上樓洗澡時，他會放下手中的任何東西，迅速扶我上樓，有天，我打完疫苗，他跟上跟下，直問我，有沒有不舒服，要不要喝開水，看他關心的眼神，真的讓我很感動，喜歡手工製作小玩意，但每次的成品都會寫上送給奶奶，祝奶奶身體健康，只要有許願的機會，許的願一定是跟我有關，真的是有莫大的因緣，我們才有這樣的祖孫情，有孫如此，眞的感恩菩薩。

25. 客家大戲

五十年代，在我住的地方，每個鄉鎮都有信仰中心，祖先開始，流傳至今，對於客家庄，除了每個角落都有的土地公外，還有一個三山國王廟，客家人，都有非常純樸的性格，更是敬天，凡事感恩，所以，每年有兩個重要日子，一個在十月，就是秋收，另一個就是播種，農曆春節初二或初三，稱為媽祖戲，那時候物資缺乏，只有在這兩個節日，挨家挨戶為了拜拜，都會盡其所能準備各類祭品，食材，前往三山國王廟祭拜，但每個村庄刻意錯開日期，為的是讓平常顯少見面的親友，藉由此聚會順便吃一餐難得的美食，每一家都在比賽，誰的客人多。

特別提這個節慶，是因為還有一項令我最不能忘的客家人戲，家裏的大人們在聚會之時，我們一群群小孩都往搭好的戲台去，準備看開演的大戲，我最喜歡提早到後台，演員們化粧，我看得非常認眞，當時化粧的工具不多，最愛看是男女主角，男主角通常都由女生扮演，她們把一個個髮包，用長針固定在頭上，只見那熟練的雙手，不一會古代美女的公主頭就形成了，加上一些珠花，接著化粧，很快，一個絕色美女就可以粉墨登場了！雖然聽不懂唱腔，看她們比著蓮花指，拋著媚眼，就覺得好激動，整場結束後，演員卸了妝，完全跟外面判若兩人，曲終人散，我們都意猶未盡。來這裡看戲，還有一個最大的目的，就是出外的遊子都會回鄉，趁此機會認識小丫頭變成的小美女。

我至今未能忘懷，戲台上由女生拌演的男主角，不管請的是哪個劇團，都扮像超美，唱戲時的舉手投足，在當下我都目不暇己，廟會結束，還有呢？各村輪流，過個幾天又往別村移動，通常會有親友邀約，有一次，那個村沒有認識的親人，可是鄉下人好客，看到了不是自家親，還是會邀請進去吃飯，叔叔帶著我，刻意的假裝經過，還把手電筒藏在半路的草堆裡，讓人感覺到是錯過了時間，主人就請我們進去，吃飽後，與主人告辭，回到半路，找不著手電筒，我和叔叔只得摸黑回家，那天的感覺好刺激，這件我跟叔叔的小祕密，一直放在心裡，長大後還是沒有揭穿，我也忘了，那晚媽媽問我去哪，我怎麼說的。小時候難忘的事太多，每次憶起，作夢都在笑。

26. 通過悲傷的憂谷

人與萬物之所以不同，在於人有喜怒哀樂，腦部功能活耀，更有情緒反應掌控一切，諸多層面在在影響著，尤其是無常，完全不在自己的控制範圍內，因爲預估不了，突然來臨時，第一時間的錯愕，不能接受，慢慢看見了想到了，今生今世無緣了，此時的悲才剛開始，小時候的奶奶到父親的別世，我的難過在當下，大哭一場後，悲傷的情緒沒有太久，可能年紀小，沒有未來現實問題，這是傷心，還不致到悲傷。

長大以後，越來越多的失去，已讓我變得痲木，只好寄情於事業帶來的成就感，命運仍持續不斷考驗著我，就在事業如日中天，我努力的目標整個崩盤，我的孩子們各有各的天份，我的小兒子是個非常有才情的人，他的個性就是溫文儒雅，但是有才情的人，比較不注重現實問題，爲了讓他無後顧之憂，不必爲生活而太多束縛，放棄了自己的夢想，爲了他，傾注我所有的努力。他也不負衆望，努力的往目標邁進。再多的努力再多的希望，敵不過一個喝酒肇事的人，就這樣結束了一切。終於知道，什麼叫悲傷，痛徹心肺的我，頓時覺得五臟六腑全震碎，每天渾渾噩噩，萬念俱灰，不知身在何方，這時候已經沒有眼淚了，走在路上看到有跟兒子相似的年輕人，又是一陣心痛，無止盡的錐心之痛緊咬著我，日復一日，直到有一天，看到了一段話，說悲傷是愛的延伸，因爲有愛才會悲傷，所以不用刻意去壓抑，想就想，愛就愛，甚至把最好的愛散佈出去，對孩子的愛去愛更多的孩子，去愛更多需要愛的人，當我這樣想之後，突然覺得這就是一種生命中的安排，我要去愛更多的人，這個愛的延伸，讓我非常的受用，我也不再避談孩子，反而跟很多孩子分享他曾經參加的各種多采多姿的社團，曾經走過中橫的每一條步道，所經營的每個好友，短暫的生命中過的隨心所欲，這樣的生活方式，激起了他更多的創意，所以他一直很快樂。

即使他不能再用生命書寫他的所有，但卻能深深的影響了後面的學弟妹們，而我也走過深不見底的憂谷，放下了工作，作他愛作的事，愛他所愛之人，關心他所有的關心的議題，他最熱衷寫作，我也喜歡，走過大悲，我開始找回創作的手感，今年還出了自己的一本散文集，我想告訴曾經有過悲苦之人，試著讓悲傷化做愛，再讓愛無限延伸。很快就會走過所有的悲傷。

27. 時時報恩，好運不斷

從什麼時候開始，任何所有，都懷著感恩的心，這是多年的習慣，應該是年輕的時候，每件事總不太會處理，導致自己都認爲運氣不好，凡事不順的感覺，小時候，母親只要碰到了解決不了的問題，就會求助於家附近的小廟，媽媽說那是佛菩薩，我倒是不知道到底有沒有效，有沒有找到解決的方法，長大以後我有解決不了的問題，我也會選一間廟問問神佛可是我覺得答案都不是我想要的，終於有一天的晚上，我跟先生大吵一架，我跑了出來，心想到底要去哪，前面剛好有一間廟，是一間大的廟，後來才知道裡面是關聖帝君，我走了進去，把我的疑難雜症問題通通丟給他，抽了一支籤，老廟公爲我解答他說你跟先生會在一起當然是因爲有姻緣，如果你覺得生活眞的過得不快樂，那你要學會感恩，感恩是全世界最好用的東西，我相信你一定做得到，試試看，我問他那要感恩誰，就是如果有對象就感恩那個對象，如果沒有對象你就感恩諸佛菩薩，總之隨時感恩，當時我眞的覺得有效嗎，可是我已經沒有其他方法，我很感謝這個老廟公，他看起來很慈悲而且他告訴我，夫妻最多也是一輩子，下輩子是誰都不知道，爲什麼不好好珍惜呢，他爲你做的你要感恩他，因爲不見得每個人會幫你做事，總之你記得隨時感恩，這就是當天晚上我收到別緻的禮物，因爲從來沒有人告訴我。

告別老廟公，回到家，看到了先生，先感恩再說，他迅速把撲克臉換成一張鑾帥大笑臉，奇績的是他主動道歉，這對他來說是從沒有的事，在那之後，時時心懷感恩變成了我的好習慣，這個心態讓我運氣超好，當然，不可能事事順利，但還是要感恩，尤其是在工作上，很多別人努力半天得不到的，我卻輕而易舉收割，每次的完成了目標，主管總要我分享，我只說是我隨時感恩，但這種說法，完全不能得到認同，其實我也想知道爲什麼？有一次公司辦一個激勵課程，其中一堂如何在有限資源完成了最大目標，同事們還是覺得又是理論，也意興闌珊，我覺得總公司安排，是感恩於安排課程的辛苦，上課的講師看起來很紳士，很有修養的樣子，他開口的的第一句話就是隨時要有一顆感恩的心，我當場嚇一跳，他開始講爲什麼，他說大家都是平等的，如果有一個人他又不欠你什麼，他也沒爲你。做什麼，可是你突然去謝謝他，他會覺得欠你一份情，他必須要想辦法回報你，他還說宇宙萬物皆是同理，你只要感激他，他不願意欠你，他就只能回報你，所以你的福報會越來越多，運氣會越來越好，而且感恩代表自己有一顆謙卑的心，願意時時肯定別人對你好，而不是認爲所有的好都是來自理所當然，原來是這個原因，廣大包容的心才是主要。

28. 您願意再給機會嗎

只要是人，都不可能不犯錯，大小而已，有人因爲一點小錯，被他人無限上綱，加上不會處理，有可能因此無法翻身，也有運氣好的，即時補救而得到原諒，這就是被傷害的人給了補救的機會。年輕時，我最討厭被騙，當時我還認爲只要知道有人騙我，那個人大概永遠無法得到我的原諒，年紀稍長，曾經的好朋友漸漸地失去，難道眞有這麼嚴重嗎？眞的不給任何解釋的機會了，或許，還有一個可能，就覺得朋友已經很多不差這幾個，千萬不可以有這種想法，今天眞正值得信任的人少之又少，正直的人更少，這個社會，充滿了欺騙謊言，有時會眼花撩亂做出錯誤的判斷，所以還是不要輕言放棄，起碼再給一次機會。

幾次的經驗，慢慢的觀察，不善言辭的人，也許比較吃虧，不討喜，用厚道的心，寬容相待，更有一些表裡不一者，油腔滑調，甜言蜜語，也會讓人頭量，不可不慎，總之我現在學會了，給個機會，再試一次，一方面顯示我們的大度，也有機會得到了眞正的朋友，說不定這個眼前的人，眞的是生命中的貴人。曾經有過一個好友，認識之後，我們無話不談，一起做過很多事，連出遊也不曾分開，甚至在我工作上也是很好的搭檔，後來公司要晉陞一個經理，叫我們去面談，我們互相推薦，她更是大力稱讚我的領導能力，一段時間後公文下來，我果然被公司派任，這時只見這位朋友歡天喜地，到處替我宣佈這個好消息，好似晉陞的人是她，我也深深的感覺自己有這麼一位朋友，是值得開心的事。過了許久，發現底下的人老用異樣眼光看我，且成立小團體，每次開會都在唱反調，我覺得不對勁，調查時發現，始作俑者就是這位朋友，當我把話題攤開，她連否認都沒有，直言公司不公平，她更氣我，當時沒有眞心推薦她，於是想當然爾，我跟公司爭取她外派國外，她不願接受，我們就這樣連當朋友的機會都沒有。

後來的歲月中，我也給過她很多機會，但她依舊沒有接受，反而變本加厲，至此我無話可說，我一直認爲，要以平等來對待每個人，顯然不是人人都會珍惜得來不易的機會。

29.
我的可愛同學們

過去三十年的歲月裡，同學之我是陌生的，認爲今生都不會再與同學有任何交集的機會，卻在一個三十年的朋友家遇見了唯一的同學。

那次匆匆的離去，只留下臉書姓名，次年我在臉書上看到這個同學邀約，同學會一起來，我還回答我不是只有你一個同學嗎？

想想畢業已將近四十年，那個自認爲不堪回首的青春歲月，是該去看看小時候的同伴們，藉此回憶起曾經的年少輕狂。

餐廳在老家附近，帶著小孫子，眼前一張張似曾相識的面孔，既陌生又有點熟悉，好驚訝，歲月的刻痕更是毫不留情，一頓飯結束前，我走向主辦人問今日費用，一個頗有領導力的同學開口了，大家今日能聚集，已是不容易，尤其是遠嫁外鄉的女同學，就把我們男生的家當娘家吧！自然沒有人回娘家需要付費的。

當時眞的有感動，大家相約一年一度吧！自那時起，我的生活有了很大的改變，回鄉的次數多只要在群組告知了，有空的同學即可隨時吃頓飯喝下午茶，更多讓我感動的是一位小學同班同學，一直沒有互動，當她聽到我身體狀況不佳，爲了關心我，從沒有用Line的她，特別申請一支手機，告訴我她每天都會傳來問候，她只是要確認我有讀，表示平安，並交待不要回覆，有時候連續幾天沒有看手機，她看到沒有讀，馬上就打電話，問我身體狀況，多年來，從未間斷，這是何等的眞心，實實讓我感到汗顏。

自從有了同學之後，到各醫院回診，一通電話，一定有人接送，爲此還鬧了一個笑話，因爲要到醫院裡搬洗腎的藥水，頭一天聯絡一位男同學，第二天在約定地點左等右等，彼此都沒看到，電話接通才知道他爲了要載東西，但不曉得載物多大，索性把大卡車開過來，我只是載一小箱藥水，我們相視而笑，告訴他，醫院門不夠大，這件事同學間傳開，大家笑好久。除了男同學的熱心，那些女同學們，個個手藝驚人，客家菜更是一絕，還有啊嬤的菜包，米糕等，每此聚會，我除了吃，其他一概不會，雖是道地客家人，卻完全沒有客家婦女的本領，哈！

雖然如此，同學們還是眞心對待，大家的笑點永遠離不開我年少無知時，做的糗事，爲了防堵他們繼續的宛惜，半百之後再重拾創作，也小有心得，才開始說，對嘛！這才是我們的高材生，總之一生中，同學是我們除了家人外，相處最多的一群，值得好好珍惜。

30. 貓與老鼠的恩怨情仇

一大早，客廳一團亂，小朋友的音量一個比一個高，是發生了什麼事呢！我納悶著從房間出來，原來是那隻叫做軟糖的老鼠，昨晚不明原因的到另一個世界去了，這對酷愛小動物的兒子一家，自是不小的打擊，七嘴八舌討論著。

推派兒子充當徵信社，調查結果，初步認爲，老鼠似乎從高空墜落，落在一個水盆裡，所以水盆四周都有濺出的水花，可是老鼠何以想不開呢？有外力介入嗎，媳婦仔細的檢查監視器畫面，看到有兩隻貓把玩著老鼠，還玩得不亦樂乎，至於老鼠在何種狀況往下掉，就任憑腦補囉！

我們的孩子愛貓，也愛老鼠，目前家裡的成員三隻貓，三隻老鼠，看到他們跟貓、鼠親近的模樣，生爲人類還自嘆不如。

爲了平息小朋友失去寶貝的難過，決定講個小時候聽過的寓言，貓抓老鼠的故事。貓祖先一再告誡子孫們，老鼠是貓的宿敵，看到老鼠絕不能放過，子孫們也謹記著，一代一代流傳著，到了現代，老鼠跟人類一樣，經過了本國，異地的通婚，有的很大的變化，名字姓氏也都改了，像我家有黃金鼠，趴趴鼠，長相也大不同，這讓現代的貓兒很困惑，怎麼老鼠的長相跟祖先的形容有這麼大的落差，到底哪一個才是眞正的老鼠呢？貓兒是個很有愛心的動物，沒有得到證實，不能輕意動手，這也就是貓捉老鼠的案例越來越少，甚至比較奸詐的鼠輩們還會回過頭，欺騙貓兒，就像人們，有時雌雄分不清楚。

這次我們家這個老鼠命案，應該是因爲長久三隻貓，看著籠子內的老鼠，憶起了祖先的交待，看了半年，但怎麼也記不住祖先們嘴裏的老鼠長相，也顧及主人的顏面，不敢輕舉妄動，最後決定要試探一下，兩隻貓目不轉睛的觀察，再來試試動手，到最後還是不能確定，貓兒對望一眼，有了默契，等最有經驗的另一隻貓到了之後，再做決定，轉身正要離開，只聽到噗通一聲，可能是老鼠的那一隻小動物，從高處一躍而下，一命嗚呼，兩隻驚魂未定的貓兒，頓時覺得內咎不已，一來對不起主人，二來沒有證實卻害死一個生命，所以，兩隻貓下定決心，冤家宜解不宜結，祖先的恨意已時隔經年，不要讓後代子孫背負，莫再有憾事發生。

31. 一生有多長

早上一起來打開了手機，看到了一則訊息，雖然早就有心理準備，可是還是心疼這位好朋友他告訴我媽媽昨天晚上走了，他心裡非常難過畫了幾個圖案，淚眼汪汪，我怎麼安慰他呢？我只能安慰她說，千言萬語也無法讓失親的她，少一絲痛，只能等時間慢慢安撫她。

因爲這件事讓我想起這一個難能可貴的朋友，對我多麼的好，在大家認爲我是個不好相處的人時，她無懼於他人異樣的眼光，和我做朋友，還對我特別的好，那時候總是有很多人質疑她，包括我自己，她只有一句話，因爲我正直，不虛僞。其實我不是個善於表達感情的人，但是我對她的感激，眞的是打從心裡面。十年前家裡發生巨變，我萬念俱灰準備回到故鄉，每天一大早到我家，幫我清洗收拾所有鍋碗瓢盆，她默默做了好幾天，像一個母親，子女要出遠門，幫忙打點所有的一切，我回到北部以後，她每天都關心著我，只是當時的我，只覺得心冷，溫度也很冷，前途茫茫，好像這個地球不再需要我，不知道該怎麼走下去快過年了，她特地從花蓮趕來，只爲了送兩個紅包給孫子，她也許不知道當時我有多感動，生病後我獨自回去花蓮住的那一年，我受傷了她每天都來幫我準備早餐午餐晚餐甚至還幫我洗衣服倒垃圾，看到我的衣櫥是空的，她從家裡拿了好多的衣服，試圖讓我把衣服換下來，轉換心情，她不多話，卻安靜的陪我走過我人生最黑暗痛苦的日子。

當我慢慢走出來時，回到原來的崗位，她仍然對我時時關心，我出書了，在花蓮的朋友訂書，她一本一本的幫我送，她爲我做的，我著實不知從何報答於她，現在的她，正在思念母親，而我一點忙也幫不上，除了祝福她。

人有悲歡離合，月有陰晴圓缺，此事古難全，自小跟著父、母，長大有著朋友，老了，我們又變成了父、母，有著子、女，最圓滿的狀態，莫過於像朋友媽媽，終老離開之時，子、女隨侍在旁，看著子、女開枝散葉就是無憾了的人生吧！無常有時很無奈，怎麼樣讓自己的一生，過得平靜無波，其實很難，有人福

報好，就像朋友媽媽，也有人將近一世紀，卻早已沒有了子、女，更有是身體纏著病痛，總之，即使不完美，也要積極正面的過每一天，來世上一遭，就是學習成長，給予的考驗也是功課之一，待功課圓滿，人生就得重來了，又是一生的開始。最愛的好朋友加油！

32. 有情的世界

忘了有多久，沒有到過海邊。早上女兒帶著外孫、女婿來家裡看我，兒子一家邀約到附近魚港買魚，許久未出門的我，雖然知道北部的海總是一片灰濛濛，還是抱有一點希望去看看，果然跟想像的一樣，怎麼能夠跟東部的海相比呢？看到很多遊客的笑容，我終於意識到，自己曾經有多大的福報，才能在美麗的東台灣生活了二十年，當然，只要有人的地方，一定有適合的地區，適合那個區域的生活方式，否則就集中在美的地方，所以人類眞的是非常能適應環境的物種。

早些看到了一句話，眞是很美的一句，說地球是整個宇宙中最美的地方，因爲有人類的存在，而因爲人類有情，所以美化了整個地球的生命，可見人類的情，可以改變很多不善的情況，例如天災，也許人家都認爲天災不可逆，可仔細的想來，有沒有可能因爲全人類的慈悲，善心，讓世界美好事物變多，人人都有一個快樂的生活，怨氣不再有，壞的事項少，無論天災、人禍都不在，那是多好的事呢？每個人都是充滿感恩，望眼看去，一片光明，自然圓滿，思想至此，心中頓時平靜，身處何處，又有何差別，東台灣雖美，可我如今的身體狀況還是需要北部的醫療，專業的醫師，這也是最大的原因，否則我怎麼能到現在還活得好好的呢？我充滿了感激，不再抱怨回到這裡一直不能適應。

我是個極度不浪漫的人，跟孩子們相處也是，別人都羨慕我子女孝順，子孫乖巧，我不否認，但不知怎麼了，我不會像一般的老人家看到孩子們回來眼中充滿了興奮，好像期盼已久，我就是跟一般朋友相處一樣，很理性跟他們互動，人家都說一定要生女兒，才會貼心，但是我的好像沒什麼差別，可能跟我自己有關吧！但我慶幸的是，他們都有自己的想法，我也尊重他們，我看過很多的父母用親情綁架了他們的孩子，去讓孩子做一些自己不想做的事。在我們家絕對沒有這個問題，我有我自己想做的事，也不會加諸在孩子身上，我們共同取得平衡點，自然也不會有所謂的婆媳問題或者家庭問題，我不知道別人怎麼看我，但我覺得很開心。這是年輕時的我，想都沒想過的結果。

33. 我讓同學皺紋變多了

上星期，一年一度的同學聚會，一如往常，開心且意猶未盡的結束，一樣來一張大合照，昨日下午，一位同學像發現新大陸，打給我報告一個驚天祕密，她終於在一個同學臉上發現她有魚尾紋了，我們都年過半百，臉上有皺紋是很平常的事，爲什麼這個同學會引起這麼大的關注，因爲一直以來，歲月好像沒有從她的臉上經過，她眞的皮膚好的很誇張，一點細紋都沒有，身材也保持得很好，大家每年都在好奇這件事，今年終於讓大伙發現她的臉上有魚尾紋了，而且很明顯，所以才會這麼驚訝，當然他們打給我的理由是，這個同學最近一定常常跟我聯絡，這是什麼意思呢？我自己也不知道，爲什麼會這樣，就是所有跟我講電話的任何人只要一開始講都會一直笑，一直笑個不停，所以他們認爲今天他們的皺紋就是因我而起，同學們還懷疑是我故意讓她有魚尾紋，這眞是冤枉，經過這件事情也讓大家覺得非常好笑。

其實同學們都認爲我一直以來從事業務工作，口才當然比一般人好，可是不認爲我是這麼有幽默感的人，連我自己也覺得我一板一眼的時候多，從什麼時候開始，大概從我開始寫作吧我的思維變得很放，無拘無束、天馬行空，跟任何人講話都會覺得很開心，講出來的話自然讓他們覺得很幽默，很好笑，這是同學們給我的評語，包括一些外面的朋友也這樣說，覺得我變開朗了，變的愛笑了，也很容易用簡單的字句，讓別人都很開心，當然，是不是這個原因我不知道，只知道在我寫作之後，我的思維改變了有很多想都沒有想過的事情，這時候會在哪裡發酵，我有很多的靈感，可以想像很多的事情，就好比有一天，我在跟一個朋友討論試管嬰兒的事，因爲這個朋友結婚多年一直沒有懷孕，她承受了非常大的壓力，於是我跟她分享另外一個朋友做試管嬰兒的經驗，當我講到一半的時候，這個同學突然打斷我，問了我一句說：請問一下你的三個孩子是不是試管嬰兒，我就說不是啊我是自己生的，她說那你怎麼可以把試管嬰兒的整個流程形容的這麼貼切，好像是你自己，還以爲你的孩子都是這樣產生的。又有一天我在寫一篇文章，談到一個水災的場景，他們也問我這個水災發生的時候您出生了嗎？還沒，那你怎麼可以讓聽的人，好像你就是在水災的現場被大水沖走，有看到的那片慘況，我想了一下，也對，眞的不在現場因爲我還沒出生，但我爲什麼可以想像那個時候大家的鬼哭神嚎，我只知道是長輩們告訴我的，那水災正好發生在我們的家鄉，我其實不是很清楚，但我知道創作以後，我變成認識的人非常的多，而且願意敞開心胸跟所有人相處，就算過去曾經跟我不是很契合的人，這個時候都變得跟我很有話講，而且我每次一開口他們都開心笑個不停，所以我想這可能是創作爲我帶來心裡的開闊，以及很多靈感的重現！

34. 厚道

曾經上過一堂對我而言終身受用的課，至今我在很多事情處理上奉行不悔，我也慶幸這句話能在年少時就聽到，這句話是名爲「厚道」。

有一位媽媽在問題解答時，問了恩師一件事，說這個混濁不明的現代，資訊發達，很多的教育方式也亂成一團，她眞不知道如何教導孩子，師沉默一會，回答著兩個字，「厚道」，師接著說厚道之人，看似吃虧，有時還處於挨打的狀態，但有一天，上天必定還其公道，必定證明他是對的。而機關算盡之人，表面上處處佔了上風，得了便宜，但有一天必定會證明自己是錯的，我當時似懂非懂，後來慢慢看待很多已發生的事，終於全然了解。我自小就被送到養父母身邊，過著完全讓人看不出來是養女的生活，稍長後有聽聞，一件在現代都不可能發生的事，初次聽到關於親身父親，他的兄弟們，不是校長即是主任，各個在教育界都是頂頂有名。

唯父親只有小學畢業，靠著打工，養活一大家子，後來才知道，那個大家庭是屬於爺爺在掌管，要參加初中考試的那一年，爺爺的小兒子跟父親同時要上初中，一樣有考上可是因爲經濟因素，只能有一個可以上學，優先讓爺的孩子，而犧牲了父親，據說當時的父親沒有抱怨，沒有什麼好計較的，他爸爸告訴他人是要厚道一點不要想太多，雖然他的一輩子沒有什麼成就，可是他也很大的一群表現不錯的孩子，讓他覺得驕傲，我大弟是師範學院畢業的學生，在當老師，老二也有大學畢業而最優秀的小弟，是台大法律系畢業的學生，自己開一個執業律師事務所，也是多家大公司的法律顧問，他說他慶幸沒有計較，開心接受，其實這就是厚道的表現，他的兄弟，每一個都這麼的尊敬他，每當兄弟聚會的時候，他從來不覺得自卑。

在我們小時候，我們是受到的是儒家思想、生活與倫理，我覺得我的父母照顧爺爺奶奶是應該的，叔叔伯伯們沒有人會互相推諉，互相指責，更沒有人會去怪罪父母爲自己做了多或少更多的是在我父執輩有很多的哥哥姐姐都會爲了弟弟妹妹的學業而提早就業，沒有人會認爲這不公平，這樣的社會，這樣子的氛圍，一片祥和是多麼棒的一件事，現在看來除非是做父母有盡心教導孩子，孩子也願意受教，但這種生活常規已不復存在，到最後兄弟姊妹之間就說了一句「父母在，家就在，父母不在，家就散了，」這就是長期以來沒有人注意到厚道兩個字，該怎麼去執行，我如今年過半百想要給孩子的沒有什麼，但是我眞的希望他們能用「厚道」兩個字來做爲他們處世的方針因爲天理循環，有一天一定會證明「厚道」才是對的。

35. 特別的日子，來了特別的妳

早一輩的我們，都知道有一個特別的節日，叫做台灣光復節，當時我排開萬難，偷偷的懷上一個寶寶，怎麼要這麼辛苦呢？生完我那超級巨嬰之後，著實讓我害怕很久，那時不流行剖腹生產，四千五百公克的大胖小子，硬生生由個子不大的我，陣痛三天三夜把哥哥生下來，因爲年紀輕加上沒有幫手，當時一個慘字了得，孩子的爸爸也三申五令，不要再生了，幾年之後，看到別人手裡的寶寶，實在禁不起那份愛不釋手，在與先生討論無效後，私自拆掉避孕器，決定再擁有一個二寶。

順利懷上二寶，強烈的孕吐，每天讓我天旋地轉，另一半更是不能諒解，堅持到五個月，情況稍有好轉，也滿心喜悅的等待著她或他的到來，六個月時，超音波的出現，初次去看，我不是問醫生男生還是女生，而是急於想看看有幾個？

異想天開的想生一對雙胞胎，預產期終於到了，因爲想要把孩子生在一個特別的日子，將來生日也不會忘記，光復節是預產期，一早充滿期待，過了中午，毫無動靜，眼看剩不到十二小時，我任性的做一件危險的事情，下午三點過後，我開始搬石頭，搬了將近一小時，以爲這樣可以提早分娩，事情當然不是想的那麼簡單，兩個小時後羊水破了，直接到醫院，此時醫生只說，肚子不痛沒有辦法生，羊水流乾就危險了，所以也動彈不得，只能用催生，天啊！這種痛比自然的痛痛上百倍，下午五點開始，陣陣大痛沒有停過，晚上十一點半，還是沒有生的跡象，我的光復啊！你怎麼還不出來，難道你覺得光復這個有意義的日子你不喜歡嗎？滿身大汗，也顧不得一切，反正已經超過十二點，全身癱軟、無力的等待，五分鐘，妳就來到了這個世界，就是要跟媽媽比賽，哪怕是五分鐘妳也贏了，是個固執的小女嬰，我的寶貝千金，在十月二十六日的凌晨，也就是十二點五分，與光復節擦身而過。

人人都說，生女兒才能體會娘辛苦，所以一定要生一個女兒，而且女兒都貼心，我因爲早婚，在夫家處境艱難，自然希望女兒不要太柔弱，所以給她取一個較爲中性的名字，可能因此她從小就不是一個溫柔的小女生，稍長之後，哥哥、弟弟都說名字取壞了，她自小就很有主見，跟我相處反而比她的兄弟還像兄弟，我眞的有點慶幸，將來她應該不會像我這麼逆來順受，事實也是如此，我幾乎沒有要爲她操心的地方，她可以把自己打點的非常好，這樣算是好吧！我跟她反而我比她弱呢？有時看到四周朋友們的女兒，會跟媽媽手牽手逛街，而我們幾乎沒有這樣過，會不會奇怪呢？我只知道，她幸福就是我最大的快樂，親愛的寶貝，生日快樂！

36. 氣質

偶然的一天，一打開Line有人傳了一段非常華美的戶外演奏，是用小提琴加上整個樂團，演奏的是曲目是大家耳熟能詳梁祝的協奏曲，我看到的是整個場景有如仙境般但是又有一些現代的擺設，最主要的是演奏者的氣質，深深的吸引著我的目光，久久無法移動，甚至觀衆每個都氣質高雅，讓人家覺得那是一個非常和諧的畫面。於是我對於氣質這件事情有很大的想像空間。

氣質，是長久的潛移默化，我很喜歡看美麗的事物，包含了風景、山水、大海、藝術品，更愛的是人，臉部的美麗線條，我發現舉凡這學音樂的，畫畫的，書法家，當他們在認眞的時候，臉上的表情，特別的柔和，就好像很陶醉，讓看的人也不知不覺感動了起來，那場演奏會的女主角，氣質優雅，彈奏時神情專注臉上帶著自信，整個樂團，包括指揮，配合的天衣無縫，台下的觀衆，老少中青個個臉上展露笑容，整個畫面是我見過最和諧的，讓我都想去學音樂了。

有一個好朋友，我們在二十年前的一次邂逅，她喜歡畫，我喜歡寫，我們雖然彼此欣賞，但也有同樣生活的難題，於是相約退休後再一圓藝術夢，她在前兩年就得遇良師，並且在自己的藝術領域，迅速展露頭角，我也在創作之路開始有了起步，再回頭看看我們二十年前的照片，天啊！氣質判若兩人，我們都做到了，可見氣質眞是長久內化的結果，尤其是在藝術的雕塑下，慢慢平靜自己的內心，當內在平靜無波時，外在所表現自會舒心，氣質更是裝不出來的，而過程中也是一點一滴累積下來，那爲什麼需要氣質呢？與人相處，如果談話舒適，成交機率就高，在一個團體裡，說話有人愛聽，主導的事項會被接受，這就是氣質所附加的價值。我從事業務工作三十年，一直如魚得水，同事們也認爲奇怪，一個不起眼的商品，從我口裡講出來，就會覺得很重要，甚至非買不可，綜合的結論就是我口條好，會美化詞句，用字遣詞有點像寫文章，加上我必需說服自己，才有信心說出產品特色，故內而外和而爲一，這跟氣質也有很大的關係。總之，任何時候讓自己處於優雅，平靜，做任何事都有幫助。

37. 使命感

三個月的一次回診，心臟科醫師總是記得要把我時間往前，以便我能趕回洗腎中心接受治療，這次臨時性的門診卻忽略這事，醫師只好提早上班幫我看病，這位醫師眞的爲使命而爲，他的病人特別的多，我看到他跟每個病人的互動，無論年齡都像照顧自己的親人一樣，非常的親切和藹，對病情不厭其煩的爲病人解惑，他提早上班可是他的病人也提早來，我在想如果一個人對工作沒有熱忱，沒有使命感，絕不可能付出這麼多，怎麼做得下去呢？他眞的做到視病如親，所以因爲他的使命感，驅使他對辛苦甘之如飴，我眞的慶幸，病程中接受這位醫師的照顧。

我再看到一個使命感的例子，兒子的高中老師，原本在當記者，後來轉行至花蓮一所頗負盛名的私立高中，他跟孩子初次見面，孩子問他，爲什麼想當老師，師云只是行業，沒有特別的想法，兒子告訴他，如果這樣，你不用來當老師，你做一般的行業就可以，因爲當老師是一個非常有使命感的工作，他不能算是一個工作，只能說是一項很偉大的事業，因爲老師的一句話也許就影響了孩子的一生，尤其是我們高中生很容易走偏，如果有一個好老師帶領著，未來他的人生一定是不一樣的，老師你願意當那個領航員嗎？據老師說因爲這樣一句話他開始下定決心，很認眞在思考這件事也確實執行，他開始落實的幫助學生，尤其他帶的是原住民的班級，大家都知道原住民的家庭很容易影響他們的學習，他非常用心，三年下來這些孩子不但自動到學校補習，還非常認眞的讀書，那一個年度全數上國立大學，這在原民班簡直是不可能的奇蹟，他還帶著這些孩子去他們的部落，認識他們的祖先，認識他們的文化這些都是犧牲寒暑假的時間，想想這些事情如果沒有使命感，怎麼做得下去呢？幾年以後他終於得到教師的最高榮譽「師鐸獎」他告訴我說如果今天，不是兒子要他講出使命感，他也許不會有這麼好的成績，今後他還是繼續做下去如今他的熱忱及無私的奉獻，好像年年他的畢業學生都是全數上國立大學，非常恭喜他。

任何工作要做的開心，才不會爲錢而做，那就得找到那份工作的使命感，人生在世不管從事什麼行業，他畢竟是對整個大環境有幫助的，我們必須從中找到屬於我們的定位，才會做的快樂，我從事的行業，金融保險，很多人都覺得很辛苦，自己三十幾年的資歷爲什麼樂此不疲，因爲我從中找到樂趣，除了專業知識，還有與客戶的互動，了解客戶的家庭需求，可以幫很多人解決問題，我覺得很快樂，因爲強大的內在使命，我願意幫助每個家庭規畫他該有的經濟上的協助，讓保險的機制發揮他最大的功能，今後我還會繼續秉持著我的使命，繼續往前。

38. 超越時空的夢境

在病房裡，肚子又痛，所以整個早上沉不住氣，不知過了多久，迷迷糊糊睡著了，恍神中，好似來到一個山高水長的地方，我站了起來，望向那一無際的海洋跟山脈，好高好高的地方！一陣涼風吹來，突然覺得很想休息，這一休息，當我張開眼睛已經經過了八小時。醒來之後，發呆了好久，剛剛是在作夢嗎，但覺得全身舒暢，像在禪坐，腦海中沒有任何雜念，心，說不出來的清徹，就在回神之際，眼前一位金光閃閃的老者，緩步走來，對著我說，進去禮佛吧！望向他的背影，頓時感動莫名，腳不由自主往前方邁進，看到的是一大面水牆，還是第一次看到，再往前行，前方的建築是一棟莊嚴肅穆的廟宇，進入大廳，是那位金光閃閃的佛菩薩，端坐在正中央，兩旁有四位大菩薩，此時眼淚再也控制不住，跪下的同時，更是潰堤，很像看到了許久不見的至親，想對它訴說過去的辛酸血淚。這種種變化，像過了一世紀之久。

經過這個夢境後，躁動的心已然平靜無痕，在醫院期間，每日醒來都想著那個夢境，山高水長的壯闊那麼眞實，也覺得非常感動。至今每日早晨，那個景象都在第一時間出現在腦海中，一整天都被幸福感包圍著。我生病很久，但都有貴人出現，這個夢之後，我似乎明白了，每個人背後都有一股不可思議的力量，在保護著，也一定要對自己有信心，凡事才能順利平安。

病程將近八年，中間經過了很多轉折，出院、住院機率也高，聽醫院裡的護理師們說，生病的人，在死亡前會密集住院，我這一次一住二十天尚未出院，主治醫師也希望我儘快出院，說在醫院裡變數太多，可是腸胃科的問題一直存在，肚子脹氣很厲害，正在猶豫之際，姐姐她們全家大小來看我，也建議我出院，突然想到那個夢境，覺得很有信心，第二天我眞的回家了，回去順便把藥帶去我常去的腸胃科醫師診所，不到三天脹氣問題就解決了，非常開心，原來有信心這麼重要，調整心態很多問題都會迎刃而解。

如今我出院已經三年了，那個夢境一直停留在我腦海中，如果我有體力，眞想去那個夢境找找看，那邊到底是哪裡，每個人都有一個有緣份的地方，也許那就是我的宿命因緣的地方，感謝所有照顧我的人，以及感謝關心我的人。

39. 羊毛被

每天晚上最開心的事情，莫過於鑽到羊毛被裡面，整個被子將我包覆著，馬上就溫暖了起來，我可以在被子裡，好多的想法，偶爾靈機一動，拿起旁邊的手機，開始寫下我心裡的想法，有時直接一篇文章卽時完成呢？我的床只是單人，因爲空間有限，但是爲了想好好睡一覺，我配上價格不斐但品質很好的名床，再加上一件羊毛被，頓時覺得自己很幸福。雖然如此，偶爾也會感慨著，在三十年前吧！新竹的冬天總是又溼又冷，那時媽媽住在老家，空空洞洞，風也不知從哪裡鑽進來，媽媽蓋著老舊綿被，又硬也不容易暖，每次看到了都覺得心疼，但是自顧不暇的我，也沒能力幫媽媽買一床好的被子，我不知道當時的我，怎麼會條件這麼差，帶著孩子，靠著偶爾運氣好，賺的些許稿費生活，更讓自己懊惱青春年少的不懂事，早早踏入婚姻，導致一連串的窘境，更談不上能幫媽媽的忙，雖然後來有能力時，還是覺得為媽媽做的不夠，因為長期操勞的她，身體不好，早早就離開我們，每每想起，子欲養而親不待，心裏的遺憾莫此為甚！

為什麼會對羊毛被有特別的感覺呢？，這些年因為體質怕冷，換過的很多很多的被子，幾乎兩年就換一床，羽毛被、竹炭被、天絲被，各式各樣的被子都試過，總是效果不彰，有天突然想起一間開了好久的老店，直覺那老闆應該是很有經驗，可以為我解決問題，走進店裡，表明來意，那位可愛的老闆，已經是第二代經營者了，他告訴我，這種體質除了羊毛被別無他法，說完他點了五床被子讓我自己看，他就外出了，出門前他只告訴我，有喜歡的就把錢放旁邊，棉被帶走，我問店沒人看怎辦，他說店開太久了，他常這樣，不會有什麼事，他的被子都賣熟客，喜歡自己把錢放下，東西帶走，我看了一會就決定去旁邊的市場買菜，約莫一個鐘頭，再次回到店裡，空無一人，只能照老闆交待，放了錢，棉被帶回家，當然，證明了他的建議果眞有效。

家中淘汰的棉被多，剛好接到原鄉教會的電話，是不是能夠幫他們募取一些棉被，我當時想，怎麼現在還會有人需要棉被，跟教會詢問後才知道，在遙遠的山區還是很多人，全家人蓋一床棉被，當我去幫忙募棉被時，跟我有同樣問號的大有人在，在這件事之後，我更加關心很多弱勢族群生活，很多無奈是我們無法想像的，千篇一律同樣問題，山上孩子很多隔代教養，生了孩子丟回老家，讓毫無生產能力的老人家負擔，而年輕人到了外地打工，也不一定會負起責任，如此的惡性循環，所以很多教會便伸出了援手，但慴多粥少，才需要向外求助。

每個人眞的要感恩，生活的不容易人皆有之，唯有感恩，方能化解很多的不善。

整個被子將我包覆著，馬上就溫暖了起來，我可以在被子裡，好多的想法，偶爾靈機一動，拿起旁邊的手機，開始寫下我心裡的想法，有時直接一篇文章即時完成呢？我的床只是單人，因爲空間有限，但是爲了想好好睡一覺，我配上價格不斐但品質很好的名床，再加上一件羊毛被，頓時覺得自己很幸福。雖然如此，偶爾也會感慨著，在三十年前吧！新竹的冬天總是又溼又冷，那時媽媽住在老家，空空洞洞，風也不知從哪裡鑽進來，媽媽蓋著老舊綿被，又硬也不容易暖，每次看到了都覺得心疼，但是自顧不暇的我，也沒能力幫媽媽買一床好的被子，我不知道當時的我，怎麼會條件這麼差，帶著孩子，靠著偶爾運氣好，賺的些許稿費生活，更讓自己懊惱青春年少的不懂事，早早踏入婚姻，導致一連串的窘境，更談不上能幫媽媽的忙，雖然後來有能力時，還是覺得為媽媽做的不夠，因為長期操勞的她，身體不好，早早就離開我們，每每想起，子欲養而親不待，心裏的遺憾莫此為甚！

40. 我認識了一個姐

生命當中一定會碰到很多的挫折難關，當然每一個難關的背後一定會有一個貴人適時地出現解救了你，數年前我認識了一個既靦腆個性很內向但溫柔的一個女性，這是我對她的第一印象，她見到人總是微微的一笑，不多說，我那時候從事的工作是一個非常需要熱鬧，要去吵熱氣氛，整個團隊才能融入合作的完成任務，而她在這個團隊裡顯得有點格格不入，但她自始自終都很配合，這是我看到的她。

再次有接觸是因爲我出了一本散文集，我希望能夠跟她分享，所以我在她的臉書的訊息欄留言，當然那時候我不覺得她會接受，但總是有一點希望，一直在經過了兩三個月後，有一天我接到一通電話，就是她的聲音，跟我說不好意思，她沒有看到我的留言，不知道我的書是不是還有，我就告訴她，我把書寄給她，那次之後，我偶爾會想要跟她分享我的心得，因爲我覺得她是個可以分享心事的人，她不多話也善解人意，慢慢的我們越聊越多，我跟她的個性其實有著天壤之別，我和她比起來顯得聒噪許多，可是我們都彼此知道自己心裡的想法，第二本書寫完之後，有一段空檔，我不想讓自己油盡燈枯，想好好放鬆一卜，就常出入股票市場，當然散戶是賺不了什麼錢，只是打發時間，因緣際會下認識了擅於買賣股票的大戶，除了教會我如何選股，看基本面，還跟我分享其他金融操作的方式，從事金融業三十年，這時感覺有點像井底之蛙，讓我覺得充滿好奇更想要學習更多的知識，一段時間後讓我在買賣股票方面有了一些些的心得，因爲這樣我跟這位姐姐就有了一些共同的話題，因爲她曾經花了很多錢，在股票市場付出了不少的學費，我呢？其實是個很富有正義感的人，自己是這麼覺得，所以我想了各種可能幫她脫離這個困境的方法，可以用一個正確的方式去操作股票，就這樣我們又更近一步變成眞的好朋友。除了股票，我們還有很多共同的話題，包括孩子，生活的種種，當然我們自始至終都還沒碰上面，只因我身體不好，出不了遠門。

說也奇怪，我們的緣份就在短時間內變得更深，沒有刻意爲對方做些什麼，但會一直關心著對方，她更是位善解人意的人，她的善解人意是淸楚明白的，一看就知道，而我呢？有時還會刻意讓人看不出來的關心對方，我經常想，人的面相好多，像這位姐她就是要碰到對的人，否則她很容易就吃虧，可能是過去的經驗讓她逆來順受吧！我眞心希望她可以有魄力一些，也祝福她未來一帆風順。

41. 當心中充滿光明圓滿善

曾經看過一段話，有人問佛陀？您在的地方那麼的混濁，那麼的惡劣，您怎麼會說佛國是淨土呢？此時佛陀回答：當你的心中充滿了光明圓滿善，你所在之處就是淨土。這麼深奧的話當時的我怎麼會懂呢？明明就很糟糕，怎爲了心中起一個念頭，就眞的會變得光明圓滿呢？這眞是神奇的一句話，聽到這句話時，我二十歲。

二十歲是個浪漫天眞的年齡，也沒有想過有一天，會接連二、三來自人生的重大打擊，讓我摔得站不起來，災禍來臨時，愛我的人，爺爺、奶奶、爸爸、媽媽全都離開我了，只能仰天長嘆，我該怎麼辦？人生當中最低潮的時候終於想到那時佛陀說的如何能夠光明圓滿善呢？光明圓滿善，是人生最高的境界吧！以一個平凡的人，怎麼有可能達到，何況現在的處境如此的艱難，又再次退縮，好朋友告訴我，佛法是解決問題的方法，一次次失去接近佛法的機會，人生難道要這樣自我放棄嗎？爲了追尋那個無法掌控的答案，思想至此，還是給自己一次改變命運的機會，不試怎麼知道，如何可以讓自己更好。

一旦心門打開，每天沈浸在佛菩薩的護持，心是穩定的，眼裡看到的一片光明，心清淨，看什麼都是好的，當心中有把尺來規範，超過了界限，就認爲不善，所以拿掉了那把尺，所有的都廣闊無邊，萬里晴空，時時充滿善念，自然光明圓滿，認識佛法至今二十餘年，雖然因天資愚鈍，無有成就，但經歷任何難關，卻不再心慌，也隨時有貴人相助，順利過關，尤其近年身體不適，都能及時找到各科專業醫師治療，在各種檢查中，看似嚴重的問題，卻屢屢讓醫師嘖嘖稱奇，如此還能寫作、出書，每天不痛不癢的快樂生活，正是印証佛陀所言，當你的心中時時充滿光明圓滿善，所在之處，都是光明圓滿善了，祝福所有宇宙萬物。

42. 太平山

唯一的一次，今天在FB看到一張太平山的照片，銀白色的雪景，美不勝收，將近二十年前的冬天，那年冬天特別的冷，過完春節開工日，單位主管拜託我休假，說我上個年度，表現超標，叫我無論如何要放鬆一下，從沒看過雪的我，決定找到了第一個目標，太平山。

爲什麼是它呢？因爲它海拔不會太高，以當時的濕度，應該會下雪，加上我更想去一個名字聽起來很浪漫的溫泉，仁澤溫泉，於是帶著媽媽同行，全家大小走訪太平山，首次到了雪地，白茫茫的一片，我像個孩子，開心的奔跑，沒想到運動細胞很差的我，剛跑就摔了一跤，羽毛衣刮破不說，也濕透了，沒有經驗的我穿了雙布鞋，也沒有防滑效果，全身狼狽不堪，心裡卻是開心的很，一路上媽媽咳得很厲害，我有些內疚這個安排，冬天應該往南部，身體虛弱的媽媽，怎堪如次折騰，愛我勝於愛自己的媽媽，可能看到我這麼開心，嘴裡一直說不冷，沒關係，山上的霧氣越來越濃，期待看到的翠峰湖，也完全模糊，下午後，再次處於伸手不見五指，只好先下山，到嚮往已久仁澤溫泉，媽媽很開心，終於有了溫泉，讓她溫暖許多，看著她瘦小的身體，既不捨又心疼，卻不知道這個旅程是我和媽媽的最後一年的旅行。

從太平山回來之後，弟弟把他接回，有責備的意思，爲什麼這麼冷要帶他去山上，再次接到弟弟的電話，媽媽住院了，我眞的很不捨，直到媽媽出院後，我稍爲放下了一顆心，夏天來臨了，對媽媽的身體，是比較好的，暑假過後她又希望再來花蓮，我徵得弟弟同意。新竹的朋友陪媽媽過來，那幾天媽媽顯得特別的開心，我帶著媽媽跟朋友上去中橫的慈母橋，走走看看，此時媽媽已經腳步蹣跚，從中橫下來媽媽再次發病，在這之後媽媽再也沒有清醒的跟我說一句話，也沒有張開眼看我一下，我只能無奈守在一旁，詢問了醫生，也說不需再到醫院，不知如何是好的過了一段時日，有一天她突然張開眼睛跟我說他要回家鄉，叫我無論如何讓她回去，我跟弟弟商量很久，畢竟花蓮到新竹隔著中央山脈以她的狀況除了開車，但想到她八個小時的車程，回鄉的路迢迢，那樣的身體，怎能受得住。菩薩保祐的是，一路順利，兩個月後，與母親就此永別，那個唯一的太平山之旅，成爲我對母親的愧疚。

43. 馬那邦賞楓

因爲早婚的關係，我有很多沒有做過的事，而且我對於很多跟浪漫有關的，是嚮往不已，對於楓葉更是情有獨鍾，我幻想著走在楓林裡，踩在楓葉底下，樹葉發出清脆的聲音，所以賞楓這件事對我來說是一件很不得了的事。那時候孩子們還小，我要出門並不是這麼容易，秋天到了，耐不住的一股衝動，我終於鼓起勇氣，看了一下登山社的活動，開啟了我第一個賞楓行程。

出發前我曾想像，各種不同的場景，多半就是漫步在一大片的楓林裡，看著大片的紅，掉落的楓葉，走在上面，滋滋的響聲，那個意境像是一幅水彩畫，讓我覺得身處其中，是全世界最幸福的事，今日必然有一個難忘的賞楓之旅，在腦補中，領隊的哨子響起了，朝目標前進，因爲我沒有登山的經驗，只能跟著領隊走，可是越走我的速度越慢，領隊已經走到前面，沒有停下來的意思，和伙伴互相打氣，因爲她快撐不住了，眼看著隊伍走了很遠，心裡有點著急，又怕脫隊，想放棄了，但想到那一大片楓林，一堆堆地上的落葉，一定非常浪漫，所以還是硬著頭皮往前走。馬拉邦是一個海拔一千四百左右的中型高山，算高嗎！也沒有，可是對於沒有登山經驗的我也不輕鬆，我走著走在想，爲什麼要來受這種罪，那麼的辛苦，但是我還是很勇敢的，一定要看到那一片紅色的樹林，就這樣我到達目的地了。

放眼看去，紅色的樹林呢？滿地的楓葉何在？我會不會走錯路了，跟我想像的完全不一樣，看著領隊跟所有的人，沒有錯啊他們也在這裡啊！馬那邦山賞楓是怎麼回事啊，問了之後尷尬了！原來馬那邦的楓是屬於青楓，他並不是紅色的而是綠色的，此時的心情，哭笑不得又累又餓，一點力氣都沒有了，不得已休息夠了就跟著領隊及大家慢慢的走下山，心裡一直在想爲什麼會有青楓跟紅楓呢？我爲什麼沒有注意看呢？下山到一個定點我們的組員他們就開始煮麵煮點心，大家飽餐一頓，然後各自回家，可是很奇怪的事，回來以後我一直忘不了登山的時候，那種辛苦的感覺，好像很自豪得跟人家分享，就說下次有機會我還要再去一趟，明明就沒有看到楓林，也沒有踩到楓葉，所以我終於知道爲什麼有些人那麼的喜歡登山，那麼喜歡那個累的感覺，當下眞的覺得很累，卻覺得很值得回憶，我想我也是這個樣子吧！至今我還是沒有看到整片的楓林，紅色的落葉，但是那一次的感覺最讓我永生難忘。

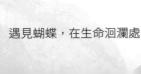

44. 小學校慶之所思

多年前，老師說地球轉動的時間會越來越快，所以一年與一年之間會縮短距離，年之間差距也會變短，那時候一點也沒有感覺，孰不知光陰就在指縫中慢慢溜走，最近傳來母校製作影片，是一百一拾年校慶，也看到當年在母校的畢業照，算了一下，竟然來到了耳順之年，回想起來，那個純眞的年代，雖然不富裕，但每天都很開心，我因爲住在山上，日日與小動物們爲鄰，更沒有跟同齡的孩子相處，自然也不會有朋友，上學等於是期待又害怕的心情，還記得第一天上學，媽媽要走的時候，我哭了很大聲也哭了很久，因爲學生衆多，老師也不想哄我，哭到了第一節下課就只好乖乖地找個位置坐下，第二天早上去學校，位置又被佔走，站在窗邊等老師來，一年級對我來說算是一個恐怖的經驗吧！不過有件事情印象深刻，老師吃完中飯突然問我們有沒有人沒有帶菜？在我們那個年代，很多人都沒有帶菜，因爲都是貧窮人家，我很勇敢的舉手，也不知當時哪來的勇氣，老師把餐盒裡的滷蛋、豆干，放進了我便當盒，從來沒有吃過那麼好吃的便當，眼淚都要流出來了。二年級我生命中的貴人，也就是我的第一個賞識我的好老師出現了，他像一個媽媽，很有耐心的照顧每一個孩子，她很快發現我寫作的天份，三年級就要我去參加作文比賽，說也奇怪，四年級以後的班級老師，個個都知道我會寫作文，難道有人傳承。小學就這樣懵懵懂懂過去了。說眞的，對於母校，距離太久遠，沒有太多印象，看到了現在小學的孫子，教學多元化，課本跟當年也完全不同，仔細想想，我們那種的單純，認眞，是非常難得的。

時光飛逝，轉身之間幾十年過去，打開記憶的窗口，許多的經歷，我們是隨時跟著所謂命運安排呢？還是不斷努力的力爭上游，突破困境，人的一生離不開所有的考驗，如何讓自己置身其中而不受干擾，就靠自己的修爲，才有成長的機會，也提升自己的高EQ，過去的一切，都會記錄在時間的洪流之中，好比在一百一十後，小學的畢業照，竟然還保留的如此完整，黃毛丫頭時的醜樣，想美化都美化不了，雖然當時的單純蓋過了一切，歲月經過的地方，仍舊是刻骨銘心，感恩母校的用心，讓身心疲狽的我們，更有智慧面對所有，祝福大家。

45. 運動大會，村運

下午小孫子回家說明天是他們學校的運動會，我問爲什麼沒有請家長，他說因爲疫情的關係，改爲線上觀摩，這使我想起，國小運動會的熱鬧非凡，那時叫村運，來自各地的在外遊子，都會請假回來參加這場盛會，這個小學位在村的中央，也就是我的母校，是爲新竹縣橫山國小，學校把所有家長分成四個區域，以學校爲中心點，大人小孩一起比賽，想起來眞是興奮，一大早跟著學生一起出門，學生們更是開心，因爲今天會有很多外來的攤販，父母也在今天特別開放，買東西比較不限制，比賽項目琳瑯滿目，遊戲的項目，有屬於媽媽的，也有爸爸的，還有全家的趣味競賽，這時可以看到很多父、母帶著孩子一起參加活動，會看出大家的親子關係，有多麼的好，這也是一年一度村民們最愛的活動。

通常學生都會準備大會舞迎賓，身爲學生的我們，此時也希望在爸、媽前面，展現高超的舞藝，在這之前，升旗典禮也是高潮的起點，那個年代，所有人都單純，也愛國，音樂一響，所有人都站起來，三民主義，唱著，相信大家的心都很激動，以前不管任何大型活動，包括看電影都要唱國歌開場，大會舞結束，開始著各種比賽，學生們的田徑賽，最是好看與激烈，加油聲此起彼落，當然大人也沒閒著，操場中央媽媽們滾大球接力，笑料百出，有人跟不上，跌倒了，有的球往別方向導致兩顆球相碰，大家擠成一團，現在想起，都還覺得好笑，早上最高潮就是學生大隊接力，每每槍聲一響，選手們奮力一衝，棒與棒之間，交棒的默契也很有看頭，除了學生，還有親子接力，連父、母親甚至爺爺奶奶，一家三代接力，整個操場，大家陷入瘋狂，我邊寫著，心情都激動起來，一年一度全村的大人小孩嗨翻天，在那個保守的年代。

下午又是更有趣的競賽，扛沙包接力，從外面回鄉的有力人士，分成四個社區，不但要跑得快，肩上的沙包可不能掉，通常一人要跑一百公尺，接給下一棒，在接沙包的時候，還有人把沙包掉在地上，扛都扛不起來，這個比賽，幾乎都是我們社區拿冠軍，因爲我們的幹事早把重量級的人物請回來了，再來就是都以務農爲主，扛沙包跟穀包是一樣的。各式各樣比賽結束，最後就來到所有人都下場參加的拔河大賽，社區對社區，我們社區別的沒有，重量級，頓位大的居多，大繩一擺，幾位重量級後面一坐，不管對方如何使盡全力，動也不動，對方拉到全部人站了起來，仍然不動如山，這是我們社區除了扛沙包以外，另一個強項，此時全村大人小孩都意猶未盡，開始頒獎，太陽下山，閉幕後，大家才依依不捨地離開，校長大喊明年再來。當天晚上，婆婆媽媽炒米粉，酸菜湯，大家聚在一起討論著明年的戰略，顯然白天的運動會讓大家多了茶餘飯後的議題。

46. 發呆

這是什麼題目啊！有四、五年了吧！除了寫作的時間，發呆的機率越來越多，時間也越來越長，沒有任何想法，眼望著前方，腦子完全放空，哪個空間都行，久了覺得還不錯，一直維持同樣姿勢也不腰酸，我發現年紀人了，心越安靜，因爲安靜就自在，未嘗不是一種享受。曾經住東台灣的海邊，黃昏我就像這樣，坐在石頭上，望著海平面，夕陽緩緩落下，此時海水呈現金黃色，像是一幅畫，一直到天空變成灰暗，都還意猶未盡，那時開始，每天的傍晚，都會來這個號稱台灣最大的潭，七星潭，它其實不能稱之爲潭，是太平洋的其中一塊，它的美，無可比擬，也無人能抵抗它的誘惑，對我來說，它像個母親，撫慰著我的心靈，看著一望無際的海洋，使我完全忘憂，天黑了回到住處，重新面對空蕩蕩的房子，又是一種心境。

從小到大，我幾乎沒有一個人過，晚上看著落地窗外，車流還是很大，很雜，外頭的熱鬧跟屋子裏的安靜，形成強烈的對比，說眞的，我不喜歡一個人，有時好想吶喊，我怎麼會一個人，所有我愛及愛我的人們都到哪了！那一年的中秋，拒絕了所友朋友的邀約，想自己靜靜，房間裡連食物都沒有，刻意顯示孤獨，放著大詩人李煜的詞改編的浪淘沙，這是最能感覺那種思鄉之情，想像有家歸不得，故鄉在山的那一邊，不知何年何月才能再見親人，更沒有把握今生還有相逢時，聽到這裡，眞是夠了，中秋節不回去兒子、孫子家，在異鄉耍自閉，怎麼都不像我會做的事。

摯愛寶貝離開後，另一半也承受不住失親的痛，無上限任其擴大的爭吵，我一刻都不想再忍耐，因爲我已經看到那個無止盡的憂慮，擔心我的病情會越來越緊嚴重，要把自己推到黑暗的深淵，更怕是我擔心的憂鬱症會上身，那我如何對得起那貼心的孩子，我一定要振作，他一定不想我變成這樣，我自覺應尋求讓自己解脫困境的方法，於是再次回到美麗的東台灣。

回到那曾經是我最快樂的地方，那裏有我美麗溫馨的回憶，有我跟兒子共同生活的點點滴滴，在那裡，發呆的時間，佔了一天的三分之一，慢慢的愛上一個人的寧靜，發呆也成爲每日的餘興，從沒想過有朝一日可以一個人，隨心所欲，偶爾發呆，要思考，心是自由的，身也是自由的，人生追求的最高境界，就是簡單生活，偶爾作。

47. 一笑泯恩仇

有時候也不知道什麼原因，跟某個人有了爭執，甚至非常非常的討厭這個人，心裡還想著以後不再接觸了，時間久了，再看到同一個人，似乎沒有什麼感覺了，更可能想不起來，當初發生了什麼事，面對面牽動一下嘴角，一切都化解了，這就說明沒有永遠的敵人，恩師曾經說過，只要跟生死無關的事，都不是什麼事，眞是至理名言。

年輕時，嫁進一個非常傳統的大家庭，因爲耿直的個性，不懂得怎麼應對進退，導致婆媳關係，是每況愈下，也常受家裡的其他成員的排擠，過了幾年四面楚歌的日子，一直到離開那個環境，時至今日，三十年過去了，前幾天接到一個陌生的電話，原來是以前夫家的大哥，其實離開之後也從來沒有連絡，突然來電，有點錯愕，電話的那一頭，只聽到他不斷的抱怨，抱怨當年他的妻子備受欺淩，抱怨前婆婆如何如何的不是，此時我打斷他的談話，告訴他，老人家已經一百多歲了，再多的恩怨也該化解了，他反而義憤塡膺的訴說他沒辦法忘記過去，那股恨緊緊跟著他，讓他很痛苦，跟孩子的相處也有很大的問題，我不放棄的一再勸說，他仍是無動於衷，掛上電話，我有很深的感觸，其實當年也這麼的走過，幸運的是我有恩師指導，恩師花了很多時間，讓我們了解很多事相的本身，是爲了考驗著我們，如何能在不善相裡，找尋著解決問題的方式，進而得到更多的智慧，讓自己身心自在，更不再有抱怨、憎恨。不再有讓自己煩心，輕鬆度日，是多麼幸福啊！

偶爾，前夫也帶著那位百歲老太太來家裡看曾孫，再見她時，只有祝福她身體健康，而她早已認不得我，我們會相視而笑，她總是問我，你是誰？說眞的，當年的一切早已模糊，哪來恨意，如果掛著不甘的心態，怎能好好度過漫長的人生。一笑泯恩仇，曾經跟一個極度無緣的同事，不知怎的，第一次看到了這個人，就覺得很不順眼，好像累世結仇似的，她似乎也不是很友善，總之就是不對盤，我有想過跟她有過接觸或過節嗎？答案是沒有，還好我們並沒有同部們，也就相安無事的過了一年，公司安排我到南部受訓，單位只有我一個。

我很少有機會到南部，晚上趁機去逛逛，一個人走在台南的鬧區，走馬看花，迎面而來一張似曾相視的面孔，不會吧！竟然是她，在異地相逢，有遇故人的情懷，說來好笑，我們對看了一眼，尷尬的笑著，問她怎麼在這，原來她是台南人，剛好請特休回鄉渡假，接著她發揮在地人的熱情，帶我吃了許多小吃，還介紹了台南的特色，去了小時候看電影裡的場景，安平追想曲的那個讓女主角痴痴等待的地方，一路下來，我們彼此都覺得相見恨晚，應驗了那句話，一笑泯恩仇呀！

48. 方向盤

早期我不會開車，也不敢去學，每次要出門，都要與先生商量甚至妥協，才讓他為我開車，萬一在路上有小許爭執，總是換來一陣白眼，或者等到一句話，妳來開就不用拜託我了！總之我雖然覺得生氣，仍抱著駝鳥心態，過一天算一天！

不太相信一個小小方向盤可以控制那麼大一部車，自然也不太敢碰到不合理事據理力爭，所以造就了先生不講理時候多，因為我遷就的機率高，只為了我常需要他為我開車，而我身為一個主管，同樣有這個問題，每當組織成員需要陪同，都要他們自己開車載我，看到別的主管主動開車載著屬下，當然會有不同的想法，情況一直在多年以後，才有了很大的轉變。

我家的老爺車老到經常性的罷工，半路拋錨是家常便飯，我們決定換一台車，紛爭由此開始，我的預算大概是1800CC以內，約六十萬左右，先生卻認爲二千以上才夠氣派，他忽略了家裡的經濟狀況，剛買完房子，我雖然業務工作收入很高，但我畢竟是外地人，花蓮人非常熱情，但她們也很謹慎，在開發過程當中，也時時注意自己的態度，加強專業領域，一樣都不能輕忽，有時候因爲信仰，或者語言，都讓我倍感壓力，所以我希望輕鬆一點，簡單的方式就是控制支出，買車的事他完全沒得商量，我再讓步他只會越來越不可理喻，他更誇張的是，對我說：妳又不會開車，我喜歡的車我才幫你開，你不按照我的喜好，買回來我也不開，在他脾氣越演越烈時，我下定決心做了兩件事，首先找一家口碑不錯的駕訓班報名學車，再去跟車商簽了那台他不願意開的車，爲了不耽誤工作，我學開車的時段是早上六點，而且在冬天，目的就是訓練自己的耐力，在天寒地凍的日子，一大早騎機車到駕訓班，一個月後，一張駕照在手中，也如願開新車上路。

學會掌握方向盤，也學會愛自己，不再接收到不合理的要求，有對的事就據裡力爭，不再任意妥協，所以我盡量凡事親力親爲，尤其開車，慢慢的感動了他，自此之後他不再那麼事事堅持，也比較願意溝通，方向盤就像是一個主宰心中的主軸，有正確的方向就能按步就班，當抓住方向盤，控制好，就能到達想去的地方，人也就如此，欲達到幸福，自己給自己爭取。

49. 自然界最專情的物種——蝴蝶

小時候，我會去收集一些小昆蟲的標本，其中以蝴蝶居多，蝴蝶類別很多，顏色也多樣，季節來臨群蝶飛舞的壯觀，最讓我開心，那繽紛色彩的蝴蝶，飛舞在花叢中，讓人眼花撩亂，加上蝴蝶有很多種形狀，像是粉蝶、鳳蝶、花蝴蝶。看得目不暇己，只可惜，美麗的身影，在一陣風雨過後，滿地的蝶身，慘不忍睹，過一段時間，這些標本就通通不見了。悵然的是，美麗的事物總是那麼的短暫，令人不勝唏噓。

我自己也覺得很奇怪，爲什麼對蝴蝶特別愛好，可能是因爲他的生命，與衆不同，必須經過一段黑暗期，也就是毛毛蟲的時期。我相信沒有人會喜歡毛毛蟲，想到渾身起雞皮疙瘩。他還分顏色，尤其大紅色跟黑色，眞是太可怕了，每次看到了，就想傷害它，媽媽總是告訴我，過一段時間它就會變成一隻美麗的蝴蝶，那時完全看不出來曾經那麼的令人害怕，人類不也如此嗎？頂著西乖皮的年代，衣服穿得亂七八糟，滿臉痘痘，忍耐兩、三年後，家家有女初長成，小女孩長的亭亭玉立，像極美麗的花蝴蝶，這就是生命奧妙的地方。蝴蝶還有一個最大的特色，在他生命的過程當中，那種特別的變化，不是任何物種能夠輕易展現出來的。所以，值得好好的研究，這就是我爲什麼偏愛蝴蝶的原因。

中國人是個浪漫的民族，舉凡大自然所有的變化，都可成爲詩詞歌賦當中的主角，蝴蝶自然也是浪漫元素的一種，《莊子．齊物論》有這麼一段，莊周夢到了蝴蝶，悠游自在的穿梭於群花之間，恣意飛舞著，不一會突然覺得自己是那只蝴蝶，快意暢通，任意飛翔，再轉過身，猛然查覺自己是莊周，不是蝴蝶，到底我是蝴蝶，蝴蝶是我，許久，天地萬物本就一體兩面，表相看到的，不一定對，一個事相發生了，有誰試著了解背後的教育意義，所以凡事採取中庸之道，才不致錯估情勢，也讓自己擁有更大的空間。

據說蝴蝶是萬物中最專情的生物喔！蝴蝶一生只會和一隻蝴蝶在一起，梁、祝的故事，男、女主角在當時門第之差，被迫放棄自己的愛情，即使如此，雙方仍堅持等待，男主角因爲過度思念，加上聽到了女主角卽將下嫁他人，頓時悲憤吐血而亡，女主角下嫁之日聽聞惡耗，不顧衆人反對，堅持要幫兄長祭墳，女主角內穿素服，頭戴白花，披著大紅嫁衣，行至兄長墳前，脫掉嫁衣，戴著孝服，此時上天似乎受到感動，頓時風雨交加，雷聲大作，墳墓突然裂開，女主角見狀，一躍而下，狂風過後只餘兩片絲綢，只見兩隻蝴蝶飛出，奔往天際，這個美麗的愛情故事，流傳至今。可見蝴蝶果然是代表愛情之最。愛還是死、生相守，蝴蝶的忠貞，還代表著吉祥美好，所以在很多花、鳥圖裡，總會擺放著蝴蝶點綴，有了蝴蝶展翅，萬物都變的生動有趣。

人的一生，經歷過許多時期，有毛毛蟲時候的成長期，情竇初開人人喜愛，成爲嫁娘幸福時期，手抱孩兒，滿滿母愛，這個看似圓滿的一切，需要的因素很多，也要各個生命自行努力，蝴蝶一生光彩而短暫，卽便是最短時間，也不忘保持優雅，人類自是如此，因內在的修爲，維護著氣質的外表，但時間總是很快，好好把握，蝴蝶短暫的一生，值得借鏡。

50. 女人，妳要開車

會開車的女人就像蝴蝶，有了翅膀，隨時都可以任意飛翔，年少時不會任何交通公具，不管到哪就是十一路公車，開始上班，才學著由機車代步，但是到不了多遠的地方，除了不方便，最重要是尊嚴。

何以如此說呢？我跟先生每次要出門，總是要被他大吼大叫一番，我們常爲了走哪條路比較順而吵，他總是回我一句，那你來開車啊，或者我想去某個地方出遊，他都說我很累，我不想開車，要去你自己去，於是一個假日又鬧得大家不愉快，我們的自由掌握在別人的手中，這就是不會開車的缺點，後來我們移居花蓮，花蓮地大距離遠，不管要到哪裡都必須要開車，那時媽媽生病住在花蓮，我好想帶她出去走一走，但因爲不會開車，就只能在附近的公園，當時想，如果我會開車，我會載著媽媽山邊、海邊看看花蓮的風光，可惜一直到她走了，我都還沒做到，這件事對我來說，是非常大的遺憾，想到媽媽，心裡著實不太諒解自己。我拿到駕照的第一件事，先把花蓮從山線到海縣走一遍，也不知道哪來的膽子，花蓮從山線出發，如果不到台東，勢必要走過一條橫向道路，才能到達海邊，不論是哪兒走，每一個道路都崎嶇不平，轉彎處也特別的危險，尤其有那條風景秀麗，有小天祥盛名的東富公路，沿途非常壯觀，考驗著駕駛的功力，

我剛上路，竟然敢往那邊走，現在想起來，才覺得害怕，當然，初生之犢不畏虎，在那時，眞的車子開了到處去，休假期間更是上山下海，好個快意人生，在會開車之後。

美麗的東台灣，土地的黏性很大，本以爲會在此到退休，又因爲家中突遭變故，不得不離開，回到中央山脈的另一端，懸崖峭壁，底下看不到盡頭的大海，這樣一路開回台北，完全沒有懼怕，在花蓮，沒有走過高速公路，對我反而是一項新挑戰，每一部車速度都很快，說不怕是騙人的，硬著頭皮上路，時時警惕自己，小心小心，還好新竹不遠，沿路戰戰兢兢，回到家鄉後，公司在台北，開車的機率更多，高速公路就跟一般公路差不多了，以汽車代步二十多年，偶爾有點

小碰撞，無傷大雅，生病的那一年，連續兩次，重大事故，把車撞得差點修不起來，車頭全毀，菩薩保祐，我毫髮無傷，自此兒子不再讓我碰車，機車也不行，我又回到無車階級，幸好現在不用看人臉色，出門都叫車，方便得很，所以姐妹們，學會駕御車是不是很重要呢？

51. 你遇到的人，都是你的老師

恩師曾經說：遇到的人都是老師，是來教導我們的，乍聽此言，還不是太能了解，天下之大，一樣米養百樣人，人與人之間的關係，隨時可能有變化，懂事以來，我覺得每個人都對我很好，後來才知道，有眞心，有假意，四十歲以前，交了一些所謂的好朋友，當時覺得這些好友都非常眞心對待，自然在很多方面我都採取有求必應的態度，二十幾歲的時候，突然檢查到我的腹部長了肌瘤，經過了檢查，一定要開刀，我們是新竹人，但還是覺得台北的大醫院可靠，所以選擇到林口長庚醫院，住院期間，有一個認識不久的朋友，特地燉了鱸魚湯，大老遠的從新竹提到林口，說是對傷口很有幫助。我雖不好意思，看她一臉誠懇，也就收下，打從心裏感動也感激著她。有這麼個好友，雖然認識不久，直覺自己運氣眞好。出院後的那段期間，她每天帶著補品來看我，我也認爲，她將是我一輩子的好友，有一天她跟我抱怨家中的狀況，她可能有出我顯露同情，便開口問我方不方便借她錢，解決她目前的窘境，我二話不說答應了，拿了錢的日子，再也沒有見過她，這是我第一次上了一課。

可能太年輕吧！我沒有把那位朋友的教導，深記心中，一個在市場賣雞製品的少婦，看起來楚楚可憐，我常去跟她買肉，她總是乾脆的加斤加兩的多給我，也很熱情的跟我攀談，我告知她最近剛買了房，她教我可以起個會，把會錢放身邊，因應不時之需，還說她會跟兩會支持我，我想想有道理，於是當起了人生中第一次會首，第一次開標，她用高價得標，第二個月，我告訴她，必須等時間過半她才能再標，但她哭得可憐，禁不住她的哀求，她又得標了，自此她離婚了，失去了聯繫，找了好久，終於找到她，她冷冷地回我一句：妳堂堂一個經理，讓我倒這幾十萬，找這麼急是什麼意思，我再次被教導了一次。

此時我對人性終於有一點了解，善良眞是要耳聰目明，只能說我自己太小看心機重的部份人，表面上看到的，跟實際竟然有天攘之別，我一直相信人性本善，後天的環境才讓人性變樣，在四十歲之前，不斷爲他人作嫁，結果那些所謂的朋友，一個蹤影也沒有，慶幸的是後面重新開啟的視野，結交了許多良朋益友，大家真誠相待，雖不常見面，一旦聯絡上，話題總是在關心，祝福，說到自己，總是幽默一下當年的傻，當年的蠢，我常說再精明幹練的人，都有被雷擊中，突然變笨，識人不清的時候，而曾經欺騙了我的人們，都是來教會我，這就是功課。

52. 朋友，妳在哪裡？

民國七十七年，幸福的新竹人，因爲科學園區的成立，讓大家都有工作的機會，我自然也不例外，進入一家美商公司，自從美商公司的進駐，帶動國內就業人口對自身福利的意識抬頭，致國內的企業也不得不修正原本對員工福利的不公，所以我是在對的時候，進入婚後的首次就業，也很開心。

在園區的環境，就是乾淨明朗，作業的地區一區一區開放制，所以上班會看到所有同仁，在我對面有一組，大約六人吧，每個人都笑臉迎人很親切，很快跟我們這一組打成一片，其中有一個她年紀跟我一樣大，名字也有一個香字，所以我們倆更談得來，但是她告訴我，他要回南部了，已經辦離職手續了，沒有說原因，當場我很傻眼，因爲我第一次出來工作又碰到一個談得來的朋友，自然是非常開心的，後來我還是決定在有限的時間裡，盡地主之誼帶她到處走走，兩個星期後，我們分開了，但是並沒有因爲距離遙遠，我們仍然保持互動，甚至我特地到南臺灣看她以及家人，我印象深刻中，我提著大包行李在最南端的屏東車站等她，一見到我，「妳準備住多久，怎麼帶這麼多」那時正月十五，以北部的天氣還是很冷的，才會準備厚重的衣物，但她只有穿件短袖上衣來載我，難怪之前一直聽她說北部太冷，不適合她，一年後她寄了個喜餅給我，我還特地去祝福她，好笑的是，她竟然嫁到北部來，也就是我們相隔不遠，我們要好，連同她的家人，媽媽，姐姐都把我當自己人，沒有姐妹的我，似乎多了更多照顧我的家人。

秋去冬來，她打給我說「這裏太冷，有點過不下去，我以爲是家庭因素，原來她是眞的覺得冷，這段期間，某種原因，我也不得不遠走他鄉，臨行前再去看她，我們相信緣份不滅，互道珍重，但總覺得此去很難有再見的機會，特別傷感，在花蓮安頓好，其間她有來到訪一次，我們好像恍如隔世，三天後她說她也卽將離開北部，試了，還是受不了北部的冷，她決定回到溫暖的南台灣，我也覺得那應該是比較適合她，自那次分開就沒有她的訊息。

花蓮，一住二十年，母親離世後，便覺得好像漂浮在水面上的浮萍，尤其在摯愛離開後，更覺得何處是兒家那樣的落寞，孤單，落葉終究歸根，雖然萬般不捨離開那大山大海，還是回到生長的地方，回到年少時期，猛然查覺，失去了太多，思念起故人，想到最後一次的道別，妳好嗎？在哪裏，我已經沒有力氣去找你了，我常想，我怎麼這麼大意，沒有了你的聯絡方式，朋友，眞的想念，雖然時間不長，感情遠比那常年相處的人還要好，期待有奇蹟，你突然出現在我眼前，我最喜歡聽你說的南部腔，來看脈。（去看看的意思）

53. 那一年的春酒，好糗

保險工作將近三十年，沒有換過工作性質，但異動了幾家，有一年的年底剛跳槽到一家美商公司，報到的當天才得知，第二天要在台南頗負盛名的大飯店喝春酒，出發前一天還有一件很勁爆的事傳來，全公司的人，必須全程穿著公司規定，那就是自婚紗禮服店租來的晚禮服。處長到處打聽別的單位是不是眞的要這麼做，得到的答案是肯定的，因爲花蓮營業處算是業績相當好的一個單位，所以主管要求大家，從她開始，每個人都要穿禮服，而且時間緊迫，傍晚的時間，只見全公司的女生，兵荒馬亂的到婚紗禮服店尋找禮服，大家都動起來了，我呢！因爲剛來上班，不曉得他們的文化，所以我並沒有參加她們的行列。

當天特意起了大早，先去鄰居家庭美髮，整理了一下我原先燙過的法拉頭，化了點淡妝，穿了件背後稍爲縷空的黑色上衣，再搭配一條長至腳跟的長裙，攬鏡自照，既不誇張也不奢華，莊重典雅的感覺，我想這樣參加公司盛大的宴會，該不致失禮。傍晚大家到達飯店，災難開始了，大家都知道，晚禮服如果沒有配上髮型及妝容，還有處理隱形眼鏡，效果是大打折扣的，單位剛好有一個由美容師轉行的同事，帶著一盒粉餅，口紅一支，大家輪流，談不上化粧，有顏色，不會慘白的一張臉就好。頭髮的部份更是慘，每人都沒有去美容院洗頭所以亂七八糟的，時間已經到了，決定將就出場，更可怕的在後頭，我們是從二樓走紅地毯到一樓，也就是樓梯往下走的時候，披肩掉下來了，趕緊抓著披肩，這時候晚禮服的長裙隨時會踩到，踩到就會跌倒，可想而知當時的手忙腳亂，加上得獎同仁們一人送了一大把花，平常如果收到花，一定非常開心，可是這個時候只有兩隻手，既要拉好披肩也要抓住裙襬，還有一大把花，還有，要表現從容、優雅完全不可能，好不容易就定位，放眼一望，全公司除了我們單位，沒有人穿晚禮服，同仁們都不敢起來走動，除了我，別單位的衆人，表面上過來誇讚一番，實際上眼中的笑意很明顯，這次，讓單位一舉拿下出糗事件第一名。也讓大家永生難忘。

生活中總有一些意想不到的狀況，就像這一次，大家一定始料未及，既然發生了，怎麼危機處理，考驗著大家的智慧，當然，一笑置之會是好辦法，幽自己一默，自嘲一番更是有智者高竿的地方。

54. 浪漫的城市

一直以來，我不喜歡出國，哪怕是公司招待，全程免費，可能因爲孩子在家以及怕坐飛機吧！有一天拜訪一個客戶，他提了一個問題，問我爲什麼別人的公司，經常招待出國，而我業績這麼好卻從來沒聽過我出國，正巧公司有一個澳州雪梨的行程，客戶希望我帶她一塊去，她可以自費，就這樣，開始我和朋友初次出國。帶著忐忑不安的心踏上旅程，我忘記飛機到底飛了多久，一出機場，馬上感受公司的貼心，原來澳州是個乾燥的城市，上車就收到了一個小禮物是綿羊油系列，先保護皮膚再說，進了飯店，床頭擺放一只無尾熊布偶，底下一張卡片，「辛苦了，經過長途的飛行，大家都很累吧，請稍事休息，我們即將帶各位尋訪畢生難忘之旅。」

眼前一片蔚藍海岸，有名的雪梨港，港邊有臨時搭建的咖啡屋散佈著，我不喝咖啡，但我喜歡這個氛圍，當時還暗下決定，退休之後，我要在此找一間高檔飯店，長住一個月，每天在這裡優閒的坐著，天啊！我根本沒有開始認識這個城市，就深深的被吸引，港邊有一個特別的建築，是鼎鼎大名的雪梨歌劇院，我發現一件事，外國人眞的浪漫，很會營造出氣氛，讓人隨時都很開心，心情頓時溫暖，四周還有很漂亮的建築，坐在這裡，望著遠方，在這裡的人，步調都很慢，跟我們急匆匆的步伐，眞的有天壤之別，這裡的氣候非常的適宜，一樣有大太陽，但曬著並不流汗，也很舒服，相較於我們海島型國家的潮濕悶熱，差別眞是很大，期待的港邊晚會，終於到了，行前公司特別的交待，今晚要盛裝出席，回飯店梳洗，每個人都打扮一番，來到港口，不知道公司會帶來什麼驚喜，漂亮的遊艇兩旁，站著來自世界各地的高階主管，等著與我們握手恭喜，我們依序上船，這時天微暗，港邊的住家，燈火早已等不及的點亮，燈光下的水影輝映，美的讓人想掉淚，坐定後上餐，眼前一大盤美食，有龍蝦、生蠔、還有更多我不認識的海鮮，聽說這一盤相當於台灣的一桌，開始用餐，遊艇開出了雪梨港，那晚眼睛好忙，喔！對了！公司還請來當地最受歡迎的樂團，既不想錯過精彩的表演，偶爾還望向窗外，兩側的燈火通明，遊艇準備繞港一週，桌上的美食除了海鮮，更多澳州有名的牛排及其他牛肉料理，整個晚會大家嗨翻天，繞港一週的遊艇回到出發的地方，傳來主持人的聲音，請大家往甲板上移動，有更大的驚喜等著我們，大家都知道，每年元旦，雪梨港的煙火算世界排名前面的，公司竟然的在這裡上演煙火秀，讓大家好感動，公司每年的大手筆，讓大家又信心滿滿的再戰一次。澳州雪梨，美麗的城市，浪漫之都，後會有期！

55. 冬去春來又一年

時光荏苒，冬去春來，日復一日，我們已經來到耳順之年，今年剛好是壬寅年，也就是六十年前的虎年，我們出生了，也在這一甲子當中，經歷過悲歡離合，看到了陰晴圓缺，更親身體會無常隨時會讓我們失去，學會失去後如何重新出發，一次又一次，接受這殘酷的考驗，如今傷口已然結痂，成長是需要付出代價的，從憤世不公到坦然接受，期間眼淚哭乾，欲哭無淚到極痛，人一輩子從落地開始，年紀越來越大，失去的越來越多，天地之間的自然循環，我知道除了順天而行，方能平順度過一生，即使沒有順利，也讓自己學會珍惜。

一甲子之後，明白了很多，往後的日子該如何規劃了！我給自己一個急欲完成的使命，那就是去尋找年輕時候，曾經幫助我的好朋友及親人，當年的疏忽，不懂得及時回報，也沒有放在心中，才會突然在我的生命中失聯了，雖然找到一個人機率不高，但不試如何有機會，怎能輕言放棄。再來就是拜訪尚在人世的長輩，父親有兄弟六人，還有一個姑姑，都對我很好，視如己出者，兩位叔叔，他們除了長輩對晚輩的親情，還會對我功課多加指導，寫作的能力亦得自他們的教導，遺憾的是兩位叔叔已離我遠去，父執輩只剩兩位嬸嬸和唯一的姑姑，她們也時常關心著我的身體，我還記得，前兩年我突然去看了姑姑，以及嬸嬸，當時姑姑行動不便，卻頭腦清晰，知道是我，她很開心的握著我的手，我看到眼前的她，跟奶奶一模樣，頓時眼框含淚，我陪她聊了一會兒，起身離開，她說沒想到我會去看她，我更沒想到那竟是最後一次的見面，沒多久，從弟弟那邊得知，姑已經離開了，所以愛要及時，現在我更要時常關心兩位嬸嬸，畢竟時間不等人的，我已經辜負太多人對我的愛，再不能輕易錯過。

從去年開始，無意中重新找到了創作的手感，一發不可收拾，加上我已歷盡了人世間的大悲大痛，酸甜苦辣，因爲如此，文字變得很有活力，隨時可以寫出每一段的生命故事，年少時期的夢，依稀看見曙光，除了原本擅長的散文，也因爲朋友的鼓勵嘗試著新詩，在過程中回憶著成長的一切，曾經陪伴我，教導我的所有貴人，方知自小我是多麼幸福的孩子，也曾經錯過很多美好的事物，更多的生命要教會我的智慧啟發，原來，當明瞭之後，剩下的就是有生之年好好把握，活得自在，關心身邊的人，因爲佛家說，無緣大慈，同體大悲，我們都不知道這個讓我們看到開心、快樂、痛苦、悲傷的有緣人，曾經跟我有什麼緣份，會在此刻相遇，今後，讓自己越來越平穩的心，接受著有限的時光吧。

56. 轉角的那戶人家

回到兒子家差不多三年了，兒子住的是爸爸的房子，整排的房子算很老舊的建築，大約是五十年屋齡吧！這裡沒有什麼特別，只有轉角的一戶人家，讓我很有印象，房子旁邊有一塊菜園，第一次出門散步，見到一個駝著背的老人家，她行動似乎很困難，拿一張小板凳，靠著支撐，慢慢移動到菜園，坐定後就開始拔草、澆水，她看到了我，問我是哪一家的，怎麼沒見過，我認真地解釋我是誰？她還是聽不懂，而且她耳背得很嚴重，有一個鄰居，主動幫我跟她介紹我的來處，過後每天經過那邊，我就會跟她問候，婆婆妳好，妳又在種菜了，每天每天都成了一種習慣，可是我一直沒有看到有人陪她，聽鄰居說她已經九十幾了，自己住在這邊，我有點納悶，年紀這麼大，一個人獨居，太危險吧！有一天，我再次經過菜園，終於碰到了她的孩子，年紀應該是比我大了一點，談吐不俗，想必是個很好相處的人，稍聊之後，眞是這樣，他跟他的母親非常多相似之處，老婆婆縱然年事已高，看得出來，她的修爲良好，行動也很優雅，很難看到這個年紀的婆婆，還能神情自在，在她行動不方便的外表下，回來一年多，越來越喜歡這位婆婆，雖然沒有多說，但習慣每天運動時可以看到她，不知道什麼時候，好長一段日子沒有看到她，我發現有醫師來她家，次數越是密集，終於有一天我看見她從兒子車上，由兒子攙扶，坐上輪椅在家門口，鄰居們圍過來跟她打招呼，我還發現她的兩個兒子、媳婦出現的在這裡頻率高，甚至住在家裡，才知道婆的身體已經無法自由行動了，家人白天晚上陪著她，假日孫兒輩也都全員到齊，本來只有老婆婆一個人住的大房子，頓時熱鬧了起來，看到這樣我覺得很羨慕，現在這樣子的家庭，這樣照顧老人家，已經很稀少了，婆婆年輕的時候，一定吃了不少苦，聽說她很年輕就失去了另一半，獨自一人扶養一群孩子，孩子長大後，陸續在外成家，孩子搬出去了，她一個人面對那麼大一個房子，獨自生活了很久，雖然她的孩子都很孝順，但是大家都忙，這也是我們這一代人的無奈，約莫過了半年吧，聽說婆婆走了，自此之後再也沒機會問她：妳來種菜喔！

她的孩子跟她一樣，低調的辦完她身後事，我經過她家，總是會想到一幕，當年奶奶離世，最後告別之際，叔叔、伯伯跪在靈柩兩旁，痛哭失聲，誰說男兒淚不輕彈，面對十月懷胎，生養自己長大的母親，平常嚴肅的父執輩，個個都在此刻爲了永遠再見不到母親，老淚縱橫，老婆婆離開到底多久時間，我也不知道，在她走後，大房子每到假日，她的子孫們都會回到這邊，人家聚在一起笑聲環繞著他們，沒有因爲老婆婆的離世而變成空屋，這兩天我看到他的兒子在忙著菜園的工作，我打趣說爲什麼你們家的菜園，沒有人整理，依然長得這麼漂亮，他笑著說，是啊！很神奇吧！過年會不會回來呢？他們還是會在這年節，大家聚在一起，我覺得這樣眞好，父母雖然不在了，兄弟姊妹有個共同聚會的地方，讓大家都知道他們來自何處，這才是眞正的傳承。

57. 又要過年了

小時候，農曆春節要到之前，我總會興奮的睡不著，還有半個月就開始這樣，越是接近越是睡不著，我不知道爲什麼會這樣，我只是覺得很開心，將有一件大事，那就是過年。年底的時候，奶奶都會做年糕，我只要一靠近，他們就會把我趕走，我等在那裡的原因很簡單，因爲他們會把做年糕剩下的鍋底，把它倒出來放在鍋中，加入芝麻粒，火上面稍微和一和他就會變成，客家話講的水板就是碗粿的意思，在那個年代有這個東西可以吃，就覺得很幸福，接著他們最重要的就是做發糕，發財的意思，步驟很重要，一定不能有別人在旁邊說話，尤其是不吉利的話，只要一個步驟錯了，發糕就發不起來，今年都不會賺錢的意思，所以大人們特別謹慎小心，我喜歡這種神祕的感覺，一切準備就緒，除夕前一天晚上，大約十二點多就要起來謝天，那又是另外一個令人興奮的事，謝天儀式大概就要拜到凌晨，我就喜歡在大人前面走來走去，應該是晚上可以不睡覺還可以放鞭炮，才這麼期待的吧！

八歲以前住在山上，大年初一早上爸爸會帶著我們，穿著新衣服、鞋子，到山下的村子拜年，爸爸好像跟每個人都很熟，大伙見面，打躬作揖，互道恭喜，每個人一開口就會冒煙，因爲外面太冷了，在這一天，就算有千般不是，都不可以罵人，更不可以跟人家要債，所以欠錢的人年底都會躲起來，只要過了除夕，初一這天，沒人會要錢了！過年，叔叔他們都會回來也會給我紅包，大伯他們家小孩衆多，叔叔到了那裡都重重的破費，總之過年開心的就是小孩，初二之後媽媽就要帶著我們回娘家，去很多個地方，因爲他有兩個娘家，都要去給外公外婆拜年，總之，新年新希望。

喜歡過年這個習慣一直到了十五歲，十五歲的那一年，親愛的爸爸因車禍離開，第一年的過年是我們第一次沒有爸爸在，爸爸不在了，親戚們頂多來看了一下就走了，不再像以前會在我們家吃個飯，那一年，也沒有買新衣服，有一個跟我同年齡的堂姐，他還穿著新衣來我家炫耀，我看到她覺得好自卑，媽媽也不再回娘家，我自己帶著弟弟去種滿螃蟹蘭的舅家，當時沒有電話可以聯絡，爬過好高的山，才發現舅舅不在，只有不認識的表哥、表姐，沒有替媽媽完成任務，心裡更是難過，當然，也沒有拿到紅包，總之，那是一個淒苦的農曆春節，從此不再那麼的喜歡過年，反而希望沒有那些對比的節慶，只因父親不在了。

長大後離世的親人越來越多，尤其是至親離世的第一個春節，簡直是淒風苦雨，寧可不要過節，好不容易調整心態，也了解世事無常，沒想，一個最痛的打擊，毫無預警迎面撲來，那一年的春節，我再也沒有走下去的勇氣，一直到現在的十年後，還是害怕過年，現在孫兒們長大了，給我不少安慰，但每逢佳節倍思親，仍特別的感覺，明知道人生的道路，就是一個單趟旅程，還是希望能減少失去，大家平靜安心的過節，祝福大家。

58. 深深的思念

雖然你住在我心裡，但在這農曆春節前夕，我還是很希望你突然出現在我眼前問我：媽媽：年菜準備了哪些？你是一個重生活品質的孩子，尤其在吃的方面，你父親總說我偏心，買菜從來只買你愛吃的，作菜時，只要是給你吃的，神情都特別的認眞，好像要把滿滿的愛，都放在食物中，你國小時，每個星期二讀整天，我都會在中午時間提早回家，爲你特製便當，我大部份會幫你準備炒飯，內容有雞肉，一點蝦仁，青菜點綴著，就是還有會炸一些雞塊，胡蘿蔔絲，主要是均衡營養又看起來美味可口，再用可愛的餐盒裝上，外切一至二樣水果，送到學校，你下課回來都會開心的說，同學們都好喜歡你的便當。做便當的習慣一直到你三年級讀整天爲止。

跟你一起用餐是我最滿足最開心的時刻，高中時，我每天早上載著你，尋遍大街小巷買你愛吃的早餐，傍晚的夜間輔導，只因爲你一句：學校餐廳賣的都是中午的菜不新鮮也不好吃，每天下午四點多，我就開始打聽哪裡有好吃的便當或者麵或者其他吃得飽的東西，每天還不斷的變化才是大工程，有同事的孩子跟兒子一樣大，她希望我可以順便幫她送，我拒絕了，我跟她說：如果我幫他送就跟他在外面訂便當是一樣的，這有什麼意義呢？在校門口等晚餐的他，總是笑咪咪的問，媽媽：今天吃什麼？一個小小舉動，卻是我每天開心的泉源，這代表我對他的愛，而他也高興的接受了，每個假日，我們一定會在外面吃飯，他喜歡意大利麵，我都打趣說：我不是意大利人，不敢恭維。

懷念那些送餐的日子，懷念母愛可以盡情發揮，更想要他在家時，早餐吃完問中餐吃什麼？中餐吃完又問晚餐吃什麼？你離開的第一個春節，沒有團圓飯，我跟你爸爸隨便找家店，點了兩樣菜，邊吃邊掉淚，吃飽上山去陪你跨年，祖師廟滿山的燈火通明，我只想靠著老祖師的身旁，像孩子回到家，滿腹委曲不知如何說起，我還是不懂，你怎麼會離開我呢？我今後怎麼度過，深深思念的日子呢？煙火一樣在空中燦爛，我的心卻像外面的低溫，冷到不行，第二天的舍利展，我一眼看到你，那麼的醒目，你一直都是衆人的焦點，就是現在，你也在最前面，吸引來訪大德的關注，廟方人員不斷的回答訪客的問題，都圍著問你是如何在往生後，能化出這麼純白的舍利，個個聽了，讚歎不已，當下我也感恩諸佛菩薩的加持，帶領你走向長寂光淨土，身爲一個母親，祝福你的今後，在諸佛菩薩的身邊，自由自在，你在所有寄出的卡片一角，都會畫風箏，我想你很嚮往自由飛翔吧！第十年的春節，仍舊對你深深思念，寶貝，我愛你。

59. 始於寫作

一個偶然的機會，看到洗腎室電梯張貼一份徵文的啟示，離上次投稿有四十年了吧！那時候孩子還小，孩子的爸爸在當兵，捉襟見肘的大家庭，沒有給我一塊錢零用，在身無分文的情況下，帶著孩子一籌莫展，心想既然小時候媽媽常常要我寫作文，自己也經常去參加比賽，爲什麼不要試著像學生時代，投稿賺些稿費呢？到書店逛了一圈，原來還是有些報社、出版社需要稿件，抱著試試看的心，能否賺些稿費。那時還眞流行投稿呢？大部分是學生，像我這樣結婚生子的家庭主婦，眞的不多，當然，那時的我，如何知道文字的美妙之處，文字更充滿了生命跳動，文字會在我卽將六十歲，爲我差點萎凋的生命，重新注入活水，讓我發現自己的童年時期，竟然是那個世代少有的快樂孩子，甚至看過我書的小時候玩伴，都看不出我當時的來處，這是寫作以來始料未及的收獲。

轉眼四十年過去，洗腎中心電梯的那張啟示，很快就得到結果，徵稿的主辦機關是台灣基層透析協會，每年一度的年會，在記錄大會及學術演講的年刊裡刊登的，所有透析相關的醫師、護理師腎友及家屬都可以參與活動，我因連續兩年都獲得了協會的青睞，而全國的腎臟科醫師每位都可看到作品，讓自己覺得信心滿滿，開始創作之路，一旦開始就停不下來，每日眼睛所見，皆是題材，新竹的九降風、家對面校園的鳳凰木，小時候的下雨天，到老家，太多、太多不勝枚舉，不到半個月，將近五十篇的稿件，已然成形，只是，就像很多爬格子的作家，默默在等待讀者的發掘，時間是非常漫長的，甚至終其一生都沒有機會發表呢！我因爲抱著開心的文字創作，不爲名利，自然不會有得失與壓力，只要有題目，即可寫出一篇雋永的文章，讓生病很久的我，燃起對所有美好事物的關注，看見任何人、事、都眼睛一亮，諸佛菩薩的加持，在與一個同學的話談中，她告訴我，現在看不到一個新創的散文小品，她喜歡看書卻鮮少，看到有別以往的內容，我問想不想看一看我寫的文章呢？不到一會，她傳來這麼一段：同學，這是我近幾年看過最清新，最不同以往的好文，妳根本具備作家的水準，如果你沒有分享出去，眞太可惜了。因著她的肯定與鼓勵，加上陸續好友們的支持，我很幸運的推出人生中第一本五十篇散文合輯，與有緣人分享，首刷二百本，三天都在愛文者手裡，不到一天，就有讀者（在此稱爲讀者），回饋，一打開，欲罷不能繼續往下讀，還有其他人的感覺是簡單、易懂，看似容易卻耐人尋味，更有感動得問我，如何在心境轉折處，輕描淡寫的表現出來，隨著回饋越多，開始期待第二本書的聲音更是，甚至還有人告訴我，永遠當我的粉絲，我從沒想過自己是在這情況下，把心思化爲文字，躍於紙上而有人欣賞，直至今日，回到學生時代的比賽，我大膽的參加更多單位的徵文比賽，沒想到在一篇〈低潮中，最溫柔的陪伴〉，是由聯合新聞網主辦，衆多稿件中獲評選爲最佳作及另外由廣播人用聲音念出我所描寫的故事，頓時我成了衆人口中的作家，更有學校師長表示，創校百年，從未出過作家，覺得與有榮焉。

我一直不是重名的人，只單純的想跟大家分享生活的可愛的、溫馨的快樂，在這個不確定、讓人們鬱悶的時節，可以讓看到我的作品之人，有所啟發而快樂的迎向未來。眞的才是寫作，最大的快樂。

60. 一個不像醫生的專業醫師

眞是讓人另眼相看，洗腎中心來了一個醫生，初次見面，完全跟我想像的專業醫師有很大的不同，從外表看，頭髮有點不聽使喚，一頭偏黃的長髮，因爲這樣，所以也看不出來他的長相，唉呀！以貌取人呢？這不是我的人設，但這眞是我對他的第一印象。

他來查房，問診仔細，但我病程許久，好像以爲自己很懂，其實各有專攻，尚未換到這個洗腎中心時，接觸的都是台大的醫師，清一色穿戴整齊，一付代表專業的形象，與這位醫師反差很大，有一次，我在街上碰到他，就簡單打個招呼，擦身而過的同時，突然有一個感覺，他比較像是一位藝術家吧，更像是隔壁鄰居那位剛退伍回來的年輕人，讓我想著，我得好好地看他專業的地方，下次查房要認眞聽他講述，屬於他領域的部份，聽起來跟我所知腎臟科方面病人的問題，注意事項，差不多，這當中，我們家那位非常不按牌理出牌的大哥，竟然來找他看診，我有點擔心，大哥是個很不配合又愛挑剔的病人，這些年為痛風所苦，痛風是他自己認知，從來也不去檢查，也沒有得到醫師的證實，所以我看這次的初次門診，大哥可能又要大大的批評指教呢？出乎意料，吃了他開的藥，痛了許久的問題解決了，他對這位醫生佩服的五體投地，乖乖的吃藥，到處告訴朋友們，黃醫師很厲害，醫術高明。這時候我得對他另眼相看呢，原來在診所的醫師，好像要十項全能，因爲來的病人會把他們當家醫科的醫師，各科疑難雜症都找他，才感受著他們比大醫院裡的醫師懂的還多，我一向是個相信專業的人，這一次我不得不豎起大拇指，給他一個讚，連最難搞的我家大哥都稱讚，這是很不容易的。

在現在這個洗腎中心，受到衆多醫護人員的照顧，身體慢慢好轉，這天卻在過程中狀況百出，抽筋，掉壓輪番上陣，痛的我死去活來，剛好這位醫師輪值，有很長時間，我班別不同，所以一直沒有碰到，他來查房，不是問我身體情形，而是劈頭一句：剛讀完妳的大作，上瓊碧落下黃泉，真讓人震撼啊！有無奈之下，不得不的豪氣，我一愣，他果然有認眞看，我忍著不舒服，跟他聊了關於文章，樓下的患者很多，他不得不回去診間，沒想到收針結束療程後，血壓掉得厲害，躺了許久，沒有起色，到了樓下，醫師很忙，還是幫我想辦法，最後只能在樓下的臨時病床，吊著點滴，在衆多病人離開後，才知道原來很多病人是慕名前來，他忙完病人，我們開始聊著之前的話題，我馬上用他的名字寫了藏頭詩，他看了讚嘆不已，這時在旁邊工作的藥師，我如是作也幫她寫了藏頭詩，他們驚訝的論定，因爲用腦過多導至血壓下降，直說我明明是頭暈，爲什麼還有文思，我的回答跟所有對我發出疑問的人一樣，那就是我身體跟腦袋在不同地方，神奇吧！

在多年的病程中，認識了很多醫生及護理師，對我的照顧，讓我生命得以存活至今，其實醫師也是人，不能用高標準來要求，反而要相信他們的專業，除了專業，他們也有各方面的天份，興趣，與我看診過的醫師們，都會跟我討論除了病情以外的話題，例如我的作品，以前認爲高高仕上，不好接近的醫師族群，其實是有很多才華，只是普羅大衆的要求，不得不收起另一面屬於自己的喜好，但我最想說的，感恩每位醫師的細心照顧，當然，了解他們的不容易，會讓醫病之間關係和諧，大部分的醫護都是醫者父母心，我慶幸有緣認識他們。

愛的專輯：三千多個日子的思念

自你離開的三百六十五天，對你的思念無時不在，憶起過去的點點滴滴，總有一絲絲溫暖，這是你才有的氣質。

十年了別來無恙你的諸位同學朋友跟我一樣，時常把你放在心裡，偶爾想到你覺得心裡溫暖很多，以下是你所有好朋友的留言，這麼長時間他們仍舊想念著你，這是你比我成功太多的地方，我要向你學習：

親愛的朋友～

好久沒有想起你～但不會將你忘記～
心情低落抬頭看著天空總會不經意想起你～
每每和同事分享學習歷程時，總會有你的影子出現～
人生一大半的求學歷程皆與你有關，國小、國中、高中都同一所學校
即便我們國小、高中不同班級，但國中同班的日子，三年相處的點滴已夠我們建立起我們這段深厚的友情
與你相處，記憶最深刻的是，我們從海星高中一起搭校車回到慶豐站的日子到站時，你總是貼心的陪伴我的家人接我，你才會離開
尤其，很多時候你的媽媽已經在車上等你了，但貼心的你，總是這樣做
也不知道是當時自己很任性的要求你，還是你心甘情願
但，那段時間放學時間的陪伴，謝謝你，讓我不孤單

在我記憶中的你，是個觀察入微、善解人意、溫暖又貼心的男孩
你對我來說像是知己、像是閨密，在你面前我總能大方地做自己
每當我有心事的時候，你總是會前來關心我
或是當我有困惑時，你總能爲我排解疑惑，分析給我聽
無論生活大小事只要找你，你從不拒絕，且都盡心盡力的幫忙
每逢節日一定都會收到你的卡片，無論是聖誕節或生日你總會記得
這樣的習慣一直到我們上了大學，各在不同的縣市也維持一定的友情模式

大學時期，雖然我們各自在不同縣市讀書，但只要回到花蓮有空就會聚一下
還記得最後和你一起用餐的情景，當時對於未來還很迷惘的我
你總是勸我往好的方面想，少庸人自擾，人生總會走出屬於自己的道路
而我畢業後，也做到了，畢業後直接到幼教職場上班，結婚後生子
一切都按著自己的心意及人生規劃行動
偶爾覺得挫折、難過，但相信只要樂觀前進，最後很多事情都能迎刃而解

親愛的家懷，我還是習慣這樣叫你，這是最初我認識的你
我永遠記得你，並深深感到慶幸能與你相識
如果下輩子還能有緣分，希望能再次成爲你最重視的朋友，我們可以一起開心大笑、一起變老、一起互相吐朝、聽你機哩瓜啦人生大道理

想念你瑋婷
2021.08.17

今夜的風會特別冷……

我想你依舊在我的前頭幫我擋風……還是難忘那些夜裡下了課兩個大男孩騎乘一台車買宵夜在小公園的亭子吃啊！喝啊！聊著天想著以後日子……如果結婚要包多大包的紅包要完成怎樣的夢想啊！

很多諾言啊！

也許還有來生會繼續完成他吧！

去年的跨年抱歉不該讓你有心痛的回憶……我以爲你能幸福

我倆跑遍台北這個城市

很開心……總是聊個不停

……天冷了多照顧好自己

嗨朋友你現在過得好嗎？時間一下就過去了呢我們也已經是三十而立之人了，但我得老實跟你說這十年我一點長進也沒有，我還是跟十年前一樣一直停留在那個時間點。從以前到現在我一直在想生命到底是什麼？我又該爲這趟人生旅程留下什麼？我在你離開之後渾渾噩噩過了很久恨盡世上一切的不公，走在人來人往的街道上看著世人開心地聊著天、情侶相依偎我恨他們憑什麼過得如此幸福，別人得幸福在我眼裡如此刺眼，我是如此地恨著啊！我找不到你離開的理由我沒辦法說服自己接受這一切。我是如此地期盼我們能走到我們所期望得未來，老天也許看不下去我如此愚蠢抑或是你無法忍受便給了我一次改變得機會將幸福送往我這邊，我是很開心也沒在那麼憤世嫉俗了但我想想我還是沒走開，因爲我是很念舊重感情的人我多想跟你一起闖未來可惜老天沒給我這個機會我也不知道該怎麼辦。我還在原地踏步不知道未來能不能扛起我的責任，我決定去旅行雖然路途不遙遠也未必能找到我得答案，也許也不會有答案我到底再找尋怎樣的人生：我拚了命會去追上你，在這個路上我做了這麼多蠢事白白浪費這麼多時間到生命盡頭不知道你會不會在那邊等著我還是你會忘了我嫌棄我。如果你嫌棄我厭惡我至少讓我知道你過得很好別讓我擔心，我很想你朋友

我每天都希望醒來是那個從前
如果另一個世界我們不會再相遇至少你要過得好好

羅升上

致我心中最亮的星星

依稀記得事情發生的那天，
是如此讓人措手不及……
曾經有段時間，我不敢抬頭望天空，
想著你住在那對嗎？是吧！
我卻沒辦法觸碰你，心是如此的痛；
又過了一段時日，總算敢抬頭望著天空，
想著你是天上的哪顆星？
是最亮的那個嗎？對吧！
可是我還是沒辦法觸碰到你，
心痛還在，只是多了一份釋懷，
相信你是換了別的方式陪伴著我；
如今十年了，時間走得好快，

望著天空，看著最亮的那顆星，
「這十年來，你好嗎？」
「別擔心我，我很好！」
我的問題和答案你都收到了嗎？有吧！
心痛不在了，取而代之的是愛和思念，
因為你的一切烙印在我的心中，
原來我們不曾分開過。

永遠愛你 歆婕
2021.08.30

致親愛的朋友

記憶眞的是很神奇的東西，你不去回憶還以爲沉澱了、不痛了，但是細細攪拌卻又一點一滴清晰起來～

十年了，我始終記得站在病床旁的你帶著微笑，慢慢越來越遠的畫面，看過很多恐怖片的我卻沒有想過那是我們的最後一面！那是我記憶中最美好的笑容，一如往常的你，謝謝你曾經出現在我生命裡，現在的我已經可以又哭又笑的跟認識的人聊起你。

對我來說澔宇眞的是一個很特別的朋友，我想那就是所謂的「藍顏知己」吧！可以共同分享喜怒哀樂，在他身邊眞的很奇妙，總是能信任他，有時候又會覺得自己充滿勇氣，他老是說：「怕什麼！天塌下來還有高的人撐著。」有人說眞正的朋友不是無話不說，而是就算不說話也不會覺得尷尬，這句話我很認同，因爲他就是一個讓人很輕鬆自在的人。

想你的嬿雯
2021.09.08

致那段青春，幸好有你：

十年前的我們，依依不捨的離別，卻連句再見也來不及說；十年之間的歲月，以爲日子久了就可以似水無痕，卻又在某些時日，狠狠的想起……。

十年後的這時刻，憶起當年，我們從認識到相處雖然只有短短的一年多，但卻好像將青春的精華，都濃縮到了那一個時光。

跟澔宇相處的那段時間，
一切一切的進展都讓我覺得很不可思議，
當時所發生的一切，就好像做了一場好長好長的夢，
那麼的眞實卻又那麼不切實際；
我們總是可以爲了莫名其妙的小事開心大笑，
並且爲了無聊的大事聚在一起開心慶祝；

因爲澔宇總是說，眞正的朋友相處的感覺，根本不需要特別找什麼理由才能約出來見面，因爲就算只是單純地約出來什麼事也沒做，只要心中有彼此，做什麼事都能讓人感到回味無窮。

有時候常常不自覺的想，如果平行時空的你還在的話，在那個時空的我們，會不會也會在忙碌的生活之後，像小時候畢業後的那些好朋友，說要約出來見面……卻從此不見？

有時候也會常常不自覺的想，如果平行時空的你還在的話，在那個時空的我們如果還有聯絡的話，是不是會時常互相調侃，調侃彼此當年打賭所做的荒謬決定，然後互相檢討對方的不是，並且在每次相聚的時候都提出來噗哧一笑。

而如今一眼瞬間，卻是這個時空的你離開了十年，雖然我們相處的時光並不長，但卻經歷了人生最瘋狂的時光，有些事不用去想太多，與其什麼都沒做的後悔，不如衝動地瀟灑走一回。

想你的夜 姞良

2021.09.08

十年，人生有幾個十年！

我一直是一個情感不外放的人，不像你天生感性浪漫……

你離開越久，我越不想去看你，請體諒我不喜歡失去的感覺，我只想當作你只是去遠方旅遊，因爲疫情回不來！

恭喜你當舅舅五年多了，我生了個跟你一樣天真無邪浪漫的雙魚男孩，很多時候讓我頭痛，又在不經意之間常常保有小貼心，這個點很像你！

我一直生活在自己的匡匡裡，守規矩的往前看，不喜歡特立獨行，經過這些年，太多變化加上現在的年輕人根本不按牌理出牌，眞不知道，如果你來看看現在的世代，會有什麼感觸……

你大概很輕鬆的就能應付不同的挑戰，用你的高EQ很快的融入人群生活。

這十年，經歷太多，太多的無常，如果有緣，下輩子換當兄妹，平行時空的你會更成熟穩重，笑看人生吧！

想念你的夜晚 愛你的姐姐

小胖宇：

好久沒這樣叫你了，還記得前天（100.09.18）我還特地回台北和你們一起相約西門町看「賽德克巴萊」。即使二專畢業後離開台北，還是從來沒有忘記二專時和你們在北商的點滴，下課後你和羅升會一起陪我騎車回中和，我推薦著你們民安街最好吃的烤肉和乾麵，我們三人一起到小公園吃著聊著，常常都是三更半夜，很單純卻又美好的時光。還記得你這個國文天才國文竟然被當，我們一起到致理修課的日子，實在是太有趣了。

疑？不是前天才見過面，怎麼我回台中後，在上課中一通突如其來的電話，告訴我：「你走了。」一個人在外地接受這樣的噩耗，身邊沒有你們陪我一起度過，其實一直很壓抑著，好險後來你媽媽時常約我們上山，和朋友們一起上山看看你，每次都讓我心情舒坦多了，近幾年我較少上山，但始終相信那端的你會看到這端的我過得好好的。

想念小胖宇的 嘎嘎依旋

2021.09.20

十年了
時間過的好快
現在的你 應該在個好人家 延續著你的善良對吧
很多話 不需要說出口 相信你都知道
就像以前在學校一樣~
依然感謝 你的無怨無悔
依然感謝 生命中曾經有你陪伴

華萱
20210921

兄弟！我們好久沒聊天了！
你最近好嗎？
沒想到，曾經還是小孩的我們，也都到這個年紀了。
面對這社會、這人生……眞難！

原諒我一直抽不出時間再去看你
讓我先找出一條路吧！
如果你還在……眞希望能聽聽你的意見

生日快樂！

欽峰

嘿～帥哥
好久沒有跟你說說話啦！
恩～最近覺得，人生好難
哈哈 努力學會面對 永遠是個不變的課題
好多事情，不斷的變化 但是 莫忘初衷 是吧！
最近開始學吉他，開始幫生活增加點不一樣的元素
哪天練好了去彈給你聽聽吧！
天冷，注意保暖喔！嗯……生日快樂！

欽鋒

我們兩個雖然高中才同班……但這三年裡都是玩在一起的……一起騎單車去玩生存遊戲……一起烤肉……一起去紅十字會搬物資……好多好多……我眞的無法相信這件事……希望你在那裏可以過得很快樂……什麼煩惱也沒有！家懷～我是不可能會忘記你的……

林楷宜

敬愛的朋友：
記得大學時期的某一次聚會，
我們聊起畢業後想做的事，
你說你想先去旅行，
用攝影記錄著你所看到的世界。
在遠方旅行的你，
想必也在做著自己喜歡的事吧。
任何時刻想起你，
依然感覺你只是用另一種形式陪伴著大家，
待人善解人意的你，
留下了非常多正面溫暖的能量，
和你相處可以自在的做自己，
很慶幸能夠與你相識，

在我心裡，
你不會離席。

雅紋
2021.9.12

國家圖書館出版品預行編目資料

遇見蝴蝶，在生命波瀾處／邱秋香 著. --初版.--
臺中市：白象文化事業有限公司，2022.7
面； 公分
ISBN 978-626-7105-95-5（平裝）

863.55 111005797

遇見蝴蝶，在生命波瀾處

作　　者　邱秋香
校　　對　邱秋香
發 行 人　張輝潭
出版發行　白象文化事業有限公司
412台中市大里區科技路1號8樓之2（台中軟體園區）
出版專線：（04）2496-5995　傳真：（04）2496-9901
401台中市東區和平街228巷44號（經銷部）
購書專線：（04）2220-8589　傳真：（04）2220-8505
專案主編　林榮威
出版編印　林榮威、陳逸儒、黃麗穎、水邊、陳媁婷、李婕
設計創意　張禮南、何佳諠
經紀企劃　張輝潭、徐錦淳、廖書湘
經銷推廣　李莉吟、莊博亞、劉育姍
行銷宣傳　黃姿虹、沈若瑜
營運管理　林金郎、曾千熏
印　　刷　基盛印刷工場
初版一刷　2022年7月
定　　價　280元